達夫遊記

古稀老人書

郁達夫著

文學創造社出版
上海雜誌公司發行

文學創造叢書之一

達夫遊記目錄

杭江小歷紀程……一
浙東景物紀略……三〇
釣臺的春晝……五一
桐君山的再到……六三
過富春江……六九
杭州……七三
西溪的晴雨……八二
花塢……八六
皋亭山……九一
超山的梅花……九七

杭江小歷紀程

一九三三年十一月九日，星期四，晴爽。

前數日，杭江鐵路車務主任曾蔭千氏，介友人來談；意欲邀我去浙東遍遊一次，將耳聞目見的景物，詳告中外之來浙行旅者，並且通至玉山之路軌，已完全接就，將於十二月底通車，同時路局刊行旅行指掌之類的書時，亦可將遊記收入，以資救濟 Baedeker 式的旅行指南之乾燥。我因來杭枯住日久，正想乘這秋高氣爽的暇時，出去轉換轉換空氣，有此良機，自然不肯輕易放過，所以就與約定於十一月九日渡江，坐夜車起行。

午後五時，趕到三廊廟江邊，正夕陽晻曖，蕭條垂暮的時候。在碼頭稍待，知約就之陳萬里郎靜山二先生，因事未來。登輪渡江，尚見落日餘暉，蕩漾在波頭山頂，就隨口念出了：

落日半江紅欲紫，
幾星燈火點西興。

的兩句打油腔。渡至中流，向大江上下一展望，立時便感到了一種莫名其妙的愉快，大約是因近水遙山，視界開擴了的緣故；「心曠神怡」的四字在這裏正可以適用，向晚的錢塘江上，風景也正夠得人留戀。

到江邊站晤曾主任，知陳郎二先生，將於十七日來金華，與我們會合，因五洩，北山諸處，陳先生都已到過，這一回不想再去跋涉，所以夜飯後登車車座內祇有我和曾主任兩人而已。

兩人對坐着，所談者無非是杭江路的歷史和經營的苦心之類。

緣該路的創設，本意是在開發浙東；初擬的路線，是由杭州折向西南，遵錢塘江左岸，經富陽桐廬建德蘭谿龍游衢縣江山而達江西之玉山，以通信江，全線約長三百零五公里。後因大江難越，山洞難開，就改成了目下的路線，自錢塘江右岸西興築起，經蕭山諸暨義烏金華湯溪龍游衢縣江山，仍至江西之玉山，計長三百三十三公里；又由金華築支線以達蘭谿，長二十二公里。建築經費，因鑒於中央財政之拮据，就先由地方設法，暫作爲省營的鐵路。省款當然也不能應付，所以祇能向管理中英庚款董事會及滬杭銀行團等商借款項，以資挹注正唯其資本籌借之不易，所以建築設備等事項也不得不力謀省儉，勉求其成。計自民國十八年籌備開始以來，因省政府長官之更易而中斷之年月也算在內，僅僅於兩三年間，築成此路。而每公里之平均費用，祇三萬餘元，較之各國有鐵路，費用相差及半，路局同人的苦心計劃，也真可以佩服的了。

江邊七點過開車，達諸暨是在夜半十點左右。車站在城北兩三里的地方，頭一夜宿在諸暨城內。

諸暨 五洩

十一月十日，星期五，晴快。

昨晚在夜色微茫裏到諸暨，祇看見了些空空的稻田，點點的燈火，與一大塊黑黝黝的山影。今晨六時起牀，出旅館門，坐黃包車去五洩，雖祇晨光晞暝，然已略能辨出諸暨縣城的輪廓。城西里許有一大山障住，向西向南，餘峯綿亙數十里，實爲胡公臺，亦卽所謂長山者是。長山之所以稱胡公臺者，因長山中之一峯陶朱山頭，有一個胡公廟在，是祀明初胡大將軍大海的地方。五洩在縣西六十里，屬靈泉鄉，所以我們的車子，非出北門，繞過胡公臺的山脚，再朝西去不行。

出城將十里，到陶山鄉的十里亭，照例黃包車要驗票，這也是諸暨特有的一種組織。因爲黃包車公司，是一大集股的民營機關，所有鄉下的行車道路，全係由這公司所修築；車夫祇須覓保去拉，所得車費，與公司分拆，不拉休息者不必出車租；所以坐車者，要先向公司去照定價買票，以後過一程驗一次，雖小有躭擱，但比之上海杭州各都市的討價還價，卻簡便得多。過陶山鄉，太陽升高了，照出了五色繽紛的一大平原，烏桕樹剛經霜變赤，田裏的二次遲稻——大半是糯穀——有的尚未割起，映成幾片金黃，遠近的小村落，晨炊正忙，上面是較天色略白的青烟，而下面卻是受着陽光帶一些些微紅的白色高牆。長山的連峯，繚繞在西南，北望青山一髮，牽延不斷，按縣志所述，應該是杭烏山的餘脈，但據車夫所說，則又是最高峰雞冠山拖下來的峰巒。

從十里亭起，八里過大唐廟，四里過福緣橋，橋頭有合溪亭，一溪自五洩西來，一溪又自南至，到此合流。又三里到草塔，是一大鎮，儘可以抵得過新登之類的小縣城市的中心，建有數排矮屋，爲鄉民集市之所，形狀很像大都市內的新式菜場。草塔居民多趙姓，所以趙氏宗祠，造得很大，市上當然又有一驗票處。過此是五泉庵，遙望楊家漊塔，數里到避水嶺，已經是五洩的境界了。

避水嶺上，有一個廟，廟外一亭，亭上書「第一峰」三字。嶺下北面，就是五洩溪。登嶺西望，低窪處又成一谷，五洩的勝景，到此纔稍稍露出了面目；因爲過嶺的一條去路，是在山邊開出，向右手下望谷中，有紅樹青谿，像一個小小的公園。嶺西山脚下，兀立着一塊巖石，狀似人形，車夫說：

這就是石和尙，從前近村人家取媳婦，這和尙總要先來享受初夜權，後來經村人把和尙頭鑿了，纔不再作怪。

大約縣志上所說的留仙石上鎸有「謝元卿結茅處」六字的地方，總約略在這一塊石壁的近旁。

自第一峰——避水嶺——起，西行多小山，過一程，就是一環山，再過一程，又是一個阪；人家點點，山影重重，且時常和清流澈底的五洩溪或合或離，令人有重見故人之感。過西牆弄的橋邊，至裏塢下朱，眼界又一廣；經徐家山下，到青口鎭；黃包車就不能走了，自青口至五洩的十餘里，因爲溪水縱橫，山路逼仄，車路不很容易修建，所以再往前進，就非步行或坐轎子不可。

自青口去，渡溪一轉灣，就到夾岩。兩壁高可百丈，兀立在溪的南北，一線清溪，就從這岩層很清的絕壁底下流過。仰起來看看岩頭，祇覺得天的小，俯下去看看水，又覺得溪的顏色有點清裏帶黑，大約是岩壁過高，壁影覆在水面上的緣故。我雖則沒有到過來茵多瑙的河邊，但立在夾岩中間，迴頭一望，卻自然而然的想起了學習德文的時候，在海涅的名詩洛來拉兮篇下印在那裏的那張美國課本上的插畫。

夾岩北壁中，有一個大洞，洞中間造了一個廟，這廟的去路，是由夾岩寺後的絕壁中間開鑿出來的，我們爬了半天，滑跌了幾次，手裏各捏了兩把冷汗，幾乎喘息到回不過氣來，纔到了洞口；到洞一望，方覺悟到這一次爬山的眞不值得。因爲從谷底望來，覺得這洞是很高，但到洞來一看，則頭上還是很高的石壁，而對面的那塊高岩，依舊同照壁似的障在目前，展望不靈，祇看見了幾絲在谷底裏是很不容易見到的日光而已。

從夾岩西北進兩三里路中間，是五洩的本山了；一步一峰，一轉一溪，山峰的尖削，奇特，深幽，靈巧，從我所經歷過的山水比較起來，祇有廣西肇慶以西的諸峰岩，差能和牠們比比，但秀麗怕還不及幾分。

好事的文人，把五洩的奇岩怪石，一枝枝都加上了一個名目，什麽石佛岩啦，檀香窟啦，朝陽峰，碧玉峰，滴翠峰，童子峰，老人峰，獅子峰，卓筆峰，天柱峰，棋盤峰，……峰啦，多到七十二峰，二十五岩，一洞，三谷，十石，等等，眞像是小學生的加法算學課本，我辨也辨不清，抄也抄不盡了，祇記一句從前徐文長有一塊石碣，刻着「七十二峰深處」的六字，嵌在五洩永安禪寺的壁上——現在這石碣當然是沒有了——其餘的且由來遊的人自己去尋覓擬對吧！

五洩寺，就是永安禪寺，照志書上說，是唐元和三年靈默禪師之所建。後來屢廢屢興，名字也改了幾次，這些考據家的專門學問，我們祇能不去管牠；可是現在的寺的組織，卻眞有點奇怪。寺裏的和尙並不多，吃肉營生——造紙種田——同俗人一點兒也沒有分別，祇少了幾房妻妾，不生小孩，買小和尙來繼承的一事，和俗人小有不同。當家和尙，叫做經理，我們問知客的那位和尙以經理僧在那裏呢？他又回答說：上市去料理事務去了。寺的規模雖大，但也都坍敗得可以，大雄寶殿，山門之類，祇略具雛形，惟獨所謂官廳的那一間客廳，還整潔一點，上面掛着有一塊劉墉寫的雙龍湫室的舊匾，四壁倒也還有許多字畫掛在那裏。

在客廳西旁的二間小室裏吃過飯後，和尙就陪我們去看五洩；所謂五洩者，就是五個瀑布的意思，土人呼瀑布爲洩，所以有這一個名稱，最下的第五洩、就在寺後西北的坐

杭江鐵路名勝略圖

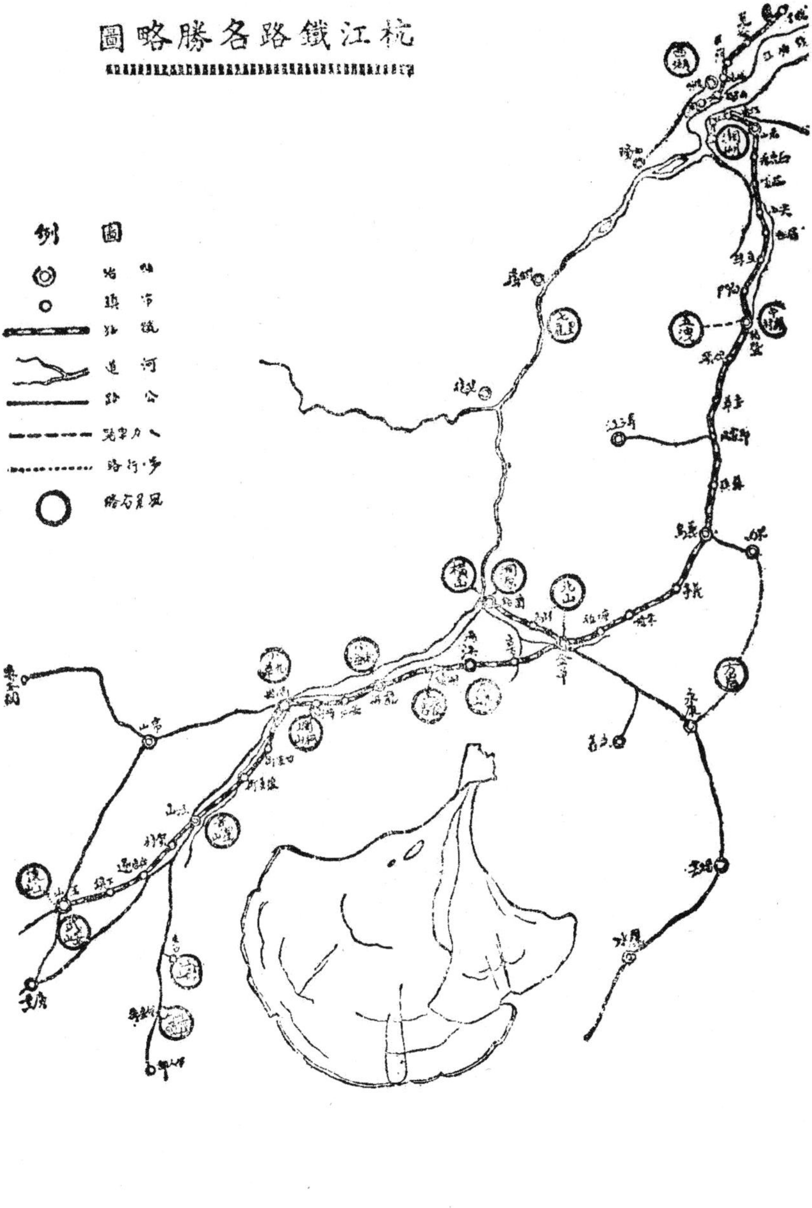

山脚下，離寺約有三百多步樣子。高一二十丈，寬祇一二丈，因爲天晴得久了，洩身不廣，看去也祇是一個平常的瀑布而已。奇怪的是在這第五洩上面的第一，二，三，四各洩，一道溪泉，從北面西面直流下來，經過幾折山岩，就各成了樣子，水量，方向各不相同的五個瀑布。我們爬山過嶺，走了半天，纔看見了一，二，三的三個瀑布，第四洩卻怎麼也看不到。凡不容易見到的東西，總是好的，所以遊客，各以見到了第四洩爲誇，而徐霞客，王思任等做的遊記，也寫得牠特別的好而不易攀登。總之，五洩原是奇妙，可是五洩的前後上下，一路上的山色溪光，我覺得更是可愛。至如西龍潭——我們所去的地方，卽五洩所在之處，名東龍潭——的更幽更險，第一洩上劉龍子廟前的自成一區，北上山巔，站在響鐵嶺嶺頭眺望富陽紫閬的疏散高朗，那又是錦上之花，弦外之音了，尤其是寺前去西龍潭的這一條到浦江的路上的風光，眞是畫也畫不出來，寫也寫不盡言的。

上面曾說起了劉龍子的這一個名字，所謂劉龍坪者，是五洩山中的一區特異的世外桃源。坪上平坦，有十幾廿畝內外的廣闊，但四周圍卻都是高山，是山上之山，包圍得緊緊貼貼；一道溪泉，從山後的紫閬流來，由北向西向南，復折囘來，在坪下流過，成了第一洩的深潭；到了這裏，古人的想像力就起了作用，創造出神話來了；萬曆紹興府志說：

晉時劉姓一男子，釣如五洩溪，得驪珠吞之，化龍飛去，人號劉龍子，其母墓在撞江石山，每清明龍子來展墓，必風雨晦瞑；墓上松兩株，至今奇古可愛，相傳爲龍子手植云。

同這一樣的傳說，凡在海之濱，山之瀑，與夫湖水江水深大的地方，處處都有，所略異者，祗名姓年代及成龍的原因等稍有變易而已。

我們因爲當天要趕到縣城，以後更有至閩邊贛邊去的預定，所以在五洩不能過夜，祗走馬看花，匆匆看了一個大概；大約窮奇探勝，總要三五日的工夫，在五洩寺打館方行，這麼一轉，是不能夠領略五洩的好處的。出寺從原路囘來，從青口再坐黃包車跑囘縣治，已經是唔夜的七點鐘了；這一晚又在原旅館住了一宵。

諸暨 苧蘿村

十一月十一日，星期六，晴朗如前。

昨夜因遊倦了，並去諸暨城隍廟國貨商場的遊藝部看了一些戲，所以起來稍遲。去金華的客車，要近午方開，八點鐘起牀後，就出南門上苧蘿山去偷閑一玩。出城行一二里，在五湖閘之下，有一小山，當浦陽江的西岸，就是白陽山的支峰苧蘿山。山西北面是苧蘿村，是今古聞名的美人西施的生地。有人說，西施生在江的東面金雞山下鄭姓家，係由蕭山遷來的客民之女，外祖母在江的西面姓施，西施寄住在外祖母家，所以就生長在苧蘿村裏。幼時常在江邊浣紗，至今苧蘿山下，江邊石上，還有晉王羲之寫的「浣紗」兩字，因此，這一段江就名作浣紗溪。古今來文人墨客，題詩的題詩，考證的考證，聚訟紛紜，到現在也還沒有一個判決，婦人的有關國運，易惹是非，類都如此。

苧蘿山，係浣紗江上的一枝小山，溪水南折西去，直達浦江，東面隔江望金雞山，對江可以談話。苧蘿山上進口處有「古苧蘿村」四字的一塊小木牌坊，進去就是西施廟，朝東面江，南面新建一閣，名北閣，中供西施石刻像一尊。經營此廟者，爲邑紳淸孝廉陳蔚文先生，廟中懸掛着的匾額對聯石刻之類，都是陳先生的手筆。最妙者，是幾塊刻版的搨本，內載乩盤開沙時，西施降壇的一段自白，辯西施如何的忠貞兩美，與夫范蠡獻西施，途中歷三載生子及五湖載去等事的誣衊不通。廟前有洋樓三棟，本爲圖書館，現在卻已經鎖起不開了。

管西施廟的，是一位中老先生。這位先生，是陳氏的親戚，很能經營。陪我們入座之後，獻茶獻酒，殷勤得不得了；最後還拿出幾張紙來，要我們留一點墨跡。我於去前山看了未完成的烈士墓及江邊鐫有「浣紗」兩字的浣紗石後，就替他寫了一副對，一張立軸。對子上聯是定公詩「百年心事歸平淡，」下聯是一句柳亞子先生題我的薇蕨集的詩，「十載狂名換苧蘿。」亞子一生，唯慕龔定庵的詭奇豪逸，而我到此地，一時也想不出適當的對句，所以勉强拉攏了事，就集成了此聯。立軸上寫的，是一首急就的絕句：

五洩歸來又看溪，浣紗遺蹟我重題
陳郎多事搜文獻，施女何妨便姓西。

暗中蓋也有一點故意在和陳先生搗亂的意思。

玩苧蘿山回來，十一點左右上杭江路客車，下午三點前，過義烏。車路兩旁的青山沃野，原美麗得不可以言喻，就是在義烏的一段，夕陽返照，紅葉如花，農民駕使黃牛在耕種的一種風情，也很含有着牧歌式的畫意；倚窗呆望，擁鼻微吟，我就哼出了這樣的二十八字：

駱丞草檄氣堂堂，殺敵宗爺更激昂，
別有風懷忘不得，夕陽紅樹照烏傷。

駱賓王，宗澤，都是義烏人。而義烏金華一帶係古烏傷地，是由秦孝子顏烏的傳說而來的地名。

下午三點過，到金華，在金華雙溪旁旅館內宿，訪舊友數輩，明日約共去北山。

金華北山

十一月十二日，星期日，晴。

金華的地勢，實在好不過。從浙江來說，牠差不多是坐落在中央的樣子。山脈哩，東面是東陽義烏的大盆山的餘波，爲東山區域；南接處州，萬山重疊，統名南山；西面因有衢港錢塘江的水流密布，所以地勢略低；金華江蜿蜒西行，合於蘭谿，爲金華的唯一出口，從前鐵道未設的時候，蘭谿就是七省通商的中心大埠。北面一道屏障，自東陽大盆山而來，緜亙三百餘里，雄鎭北郊，遙接着全城的烟火，就是所謂金華山的北山山脈了。

北山的名字，早就在我的腦裏縈繞得很熟，尤其是當讀宋學師承及學案諸書的時候，遙想北山的幽景，料牠一定是能合我們這些不通世故的蠹書蟲口味的。所以一到金華，就去訪北山整理委員會的諸公，約好於今日侵晨出發；繩索，汽油燈，火炬，電筒，食品之類，統托中國旅行社的姜先生代爲辦好，今早出迎恩門北去的時候，七點鐘還沒有敲過。

北山南面的支峰距城祇二十里左右，推算起北山北面的山脚，大約總在七八十里以外了；我們一出北郊，腰際被曉烟纏繞着的北山諸頂，就闢面迎來，似在監視我們的行動。芙蓉峰尖若錐矢，插在我們與北山之間，據說是縣治的主脈。十里至羅店，是介在金華與北山正中的一大村落。居民於耕植之外，更喜蒔花養鹿，半當趣味，半充營業，實在是一種極有風趣的生涯。花多珠蘭茉莉建蘭，亦栽佛手；據村中人說，這些植物，非種入羅店之泥不長，非灌以雙龍之泉不發，佛手樹移至別處，就變作一拳，指爪不分了。

自羅店至北山，還有十里，漸入山區，且時時與自雙龍洞流出的溪水並行；路雖則崎嶇不平，但風景卻同嚼蔗近根時一樣，漸漸地加上了甜味。到華溪橋，就已經入了山口，右手一峰，於竹葉楓林之內，時露着白牆黑瓦，山頂上還有人家。導遊者北山整理委員黃君志雄，指示着說：

這就是白望峰，東下是鹿田，相傳宋玉女在這近邊耕稼，畜鹿，能入城市貿易，村民邀而殺之，鹿遂不返，玉女登峰白望，因有此名，玉女之墳，現在還在。

這眞是多麼美麗的傳說啊！一個如花的少女，一隻馴良的花鹿，銜命入城，登峯遙望，天色晚了，鹿不囘來，一聲聲的愁嘆，一點點的淚痕，最後就是一個抑鬱含悲的死！

過白望峯後，路愈來愈窄，亦愈往上斜，一面就是萬丈的深溪，有幾處泡沫飛濺，像六月裏的冰花；溪裏面的石塊，也奇形怪狀，圓滑的圓滑，扁平的扁平，我想若把牠們搬到了城裏，則大的可以鑲嵌作屏風裝飾，小的也可以做做小孩的玩物。可是附近的居民，於見慣之後，倒也並不以爲希奇了。沿溪入山，走了一二里的光景，就遇着了一塊平地，正當溪的曲處；立在這一塊地上，東西北三面的北山蒼翠，自然是接在眉睫之間，向南遠眺，且可以看見南山的一排青影，北山整理委員會的在此建佛壽亭，識見也眞不錯；祇亭未落成，不能在亭上稍事休息，卻是恨事。從這裏再往前進，山路愈窄亦愈曲，不及二里，就到了洞口的小村，雙龍洞離這村子，祇有百餘步路了，我們總算已經到了我們的目的地點。

北山長三百餘里，東西裏外數十餘峯，溪澗池泉，瀑布山洞，不計其數；但爲一般人所稱道，凡遊客所必至，與夫北山整理委員第一著著手整理之處，就是道書所說的「第三十六洞天」的朝眞，冰壺，雙龍的山洞。三洞之中，朝眞最大，亦最高，洞係往上斜者，非用梯子，不能窮其底，中爲冰壺，下爲雙龍。

我們到雙龍洞，已將十一點鐘。外洞高二十餘丈，廣深各十餘丈，洞口極大，有東西兩口，所以洞內光線明亮，同在屋外一樣。整理委員會正在動工修理，並在洞旁建造金華觀，洞中變成了作場的樣子；看了些碑文，石刻之後，祇覺得有點偉大而已，另外倒也說不出什麽的奇特。洞中間，有一道清泉流出，歲旱不涸，就是所謂雙龍泉水，溯泉而進，是內洞了。

原來這一條泉水，初看似乎是從地底湧出來似的，水量極大；再仔細一看，則泉上有一塊絕大的平底岩石覆在那裏，離水面祇數寸而已。用了一隻浴盆似的小木船，人直躺在船底，請工人用繩索從水中岩石底推挽過去，岩石幾乎要擦傷鼻子，推進一二丈路，岩石盡，而大洞來了，洞內黑到了能見夜光表的文字，這就是裏洞。

裏洞高大和外洞差彷不多，四壁琳瑯，都是鐘乳岩；石點上汽油燈一照，洞頂有一條青色一條黃色的岩紋突起，絕像平常畫上的龍，龍頭龍爪龍身，和畫絲毫不爽，青龍自東北飛舞過來黃龍自西北蜿蜒而至。向西鑽過由鐘乳石結成的一道屏壁間的小門，內進曲折，有一里多深；兩旁石壁青白黃色的都有，形狀也歪斜疊皺，有像象身的，有像獅子的，有像鳳尾的，有像千縷萬線的女人的百襉裙的，更有一塊大石像烏龜的；導遊的黃君，一一都告訴我了些名字，可惜現在記不清了。這裏洞內一里多深的路，寬廣處有三五丈，狹的地方，也有一二丈。沿外壁是一條溪泉，水聲淙淙，似在奏樂；更至一處離地三尺多高的小岩穴旁，審水直瀉出來，形成了一個盆景裏的小瀑布。洞的底裏，有一處又高又圓方的石室，上視室頂，像一個鐘乳石的華蓋，華蓋中央，下垂着一個球樣的皺紋岩。

這裏洞的兩壁，唐宋人的題名石刻很多，我所見到的，以慶曆四年的刻石爲最古。石室內的岩上，且有明萬曆年間遊人用墨寫的「臥雲」兩字題在那裏，墨色鮮豔，大家都疑牠是僞塡年月的，但因洞內空氣不流通，不至於風化，或者是眞的也很難說。淸人題壁，則自乾隆以後，絕對沒有了，蓋因這裏洞自那時候起，爲泥沙淤塞了的緣故。這一次舊洞新闢，我們得追徐霞客之蹤，而來此遊覽者，完全要感謝北山整理委員會各委員的苦心經營，而黃委員志雄的不辭勞瘁，率先入洞，致有今日，功尤不小。

在洞裏玩了一個多鐘頭，搨了二張慶曆四年的題名石刻，就出來在外洞中吃午飯；飯後更上山，走了二三百步，就到了中洞的冰壺洞口。

冰壺洞，口極小，俯首下覘，祇在黑暗中看得出一條下斜的絕壁和亂石泥沙。弓身從洞口爬入，以長繩繫住腰際，滑跌着前行，則愈下愈難走，洞也愈來得高大。

前行五六十步，就在黑暗中聽得出水聲了，再下去三四十步，臉上就感得到點點的飛沫。再下降前進三五十步，洞身忽然變得極高極大，飛瀑的聲音，振動得耳膜都要發癢。瀑布約高十丈左右，懸空從洞頂直下，瀑身下廣，瀑布下也無深潭，也無積水，所以人可以在瀑布的四周圍行走。走到瀑布的背後，旋轉身來，透過瀑布，向上向外一望，則洞口的外光，正射着瀑布，像一條水晶的簾子，這實在是天下的奇觀，可惜下洞的路不便，來遊者都不能到底，一看這水晶簾的絕景。

總之冰壺洞像一隻平常吃淡芭菇的烟斗，口小而下大。在底下裝烟的烟斗正中，又懸空來了一條不靠石壁流下的瀑布。人在大烟斗中走上瀑布背後，就可以看見烟嘴口的外光。瀑布衝下，水全被沙石吸去，從沙石中下降，這水就流出下面的雙龍洞底，成爲雙龍泉水的水源。

因爲在冰壺洞裏跌得全身都是爛泥沙漬，並且脚力也不繼了，所以最上面的朝眞洞沒有去成。據說三洞之中，以朝眞洞爲最大，但係一層一層往上進的，所以沒有梯子，也難去得。我想山的奇偉處，經過了冰壺雙龍的兩洞，也總約略可以說說了，舍朝眞而不去，也並沒有什麼大的遺憾。

在北山囘來的路上，我們又折向了東，上芙蓉峰西的鳳凰山智者寺去看了一囘陸放翁寫的重修智者廣福禪寺碑記。碑面風化，字蹟已經有一大半剝落，唯碑後所刻的陸務觀致智者玘公禪師手牘，還有幾瑰倘辨認得淸。寺的衰頹坍毁，和徐霞客在遊記裏所說的情形一樣；三百年來，這寺可又經過了一度滄桑了。

北山的古蹟名區，我們衹看了十分之一，單就這十分之一來說，可已經是奇特得不得了了；但願得天下泰平，身體康健，北山整理會諸公工作奮進，則每歲春秋佳日，當再約伴重來，可以一盡鹿田，盤泉，講堂洞，羅漢洞，臥羊山，赤松山，洞箸山，白蘭山諸地的勝概。

蘭谿 橫山

十一月十三日，星期一，晴快。

昨晚因遊北山倦了，所以早睡，半夜夢醒，覺得是身睡在山洞的中間，就此一點，也可以證明山洞給我的印象的深刻。

晨起匆匆整裝，上車站坐軌道汽車去蘭谿。走了個把鐘頭，車祇是在沿了北山前進，蓋金華山的西頭，要到蘭谿纔盡，而東頭的金華山，則已於前日自諸暨來金華時火車繞過。此次南來，總算繞了金華山一匝，雖然事極平常，但由我這初次到浙東來遊的野人看來，卻也可以同小孩子似的向人誇說了。

在蘭谿吃過午飯，就出西門江邊，雇了一隻小船，划上隔江西南面的橫山蘭陰寺去。

這橫山並不高，也不長，狀似棱形，從東面蘭谿市上看來，一點兒也沒有什麼可取，但身到了此山，在東頭靈源廟前上船，繞過南面一條沿江的山道，到蘭陰寺前的小峰上去一望，就覺得風景的清幽瀟灑，斷不是富春江的祇有點兒高遠深靜的山容水貌所能比得上的了。先讓我來說明一下這橫山的地勢，然後再來說牠的好處。

衢港遠自南來，至蘭谿而一折，這橫山的石岩，就憑空突起，擋住了衢港的衝。東面呢，又是一條金華江水，迤邐西傾，到了蘭谿南面，繞過縣城，就和衢港接成了一個天然的直角。兩水合併，流向北去，就是蘭谿江，建德江，再合徽港，東北流去，成了富春錢塘的大江。所以橫山一朵，就矗立在三江合流的要衝，三面的遠山，山脚下的清溪，東南面隔江的紅葉，與正東稍北蘭谿市上的人家，無不一一收在眼底，像是掛在四面用玻璃造成的屋外的水彩畫幅。更有水彩畫所畫不出來的妙處哩，你且看看那些青天碧水之中，時時在移動上下的一面一面的同白鵝似的帆影看，彩色電影裏的外景影片，究竟有那一張能夠比得上這裏？還有一層好處，是在這橫山的去蘭谿市的並不很遠。以路來講，大約祇不過三五里路的間隔，以到此地來遊的時間來說，則祇須有兩個鐘頭，就可以把蘭谿的全市及附近的勝景，雲時遊望盡了。

橫山上有一個靈源廟，在東頭山脚，前面已經說過了；朝南的山腰裏，還有一個蘭陰寺，說是正德皇帝到過的地方，現在寺前石壁裏還有正德御筆的「蘭陰深處」四個大字刻在那裏寺上面一層，是一個觀音閣，說是尼姑的庵；最上是山頂，一個鐘樓，還沒有建造成功哩。

大抵的遊客，總由杭江路而至蘭谿，在蘭谿一宿，看看花船，第二天就匆匆就道，去建德桐廬，領略富春江的山水，對於這近在目前的橫江，總祇隔江一望，棄而不顧，實在是一件大可惋惜的事情。大約橫山因外貌不佳，所以不能引人入勝，「蓬門未識綺羅香，」貧女之嘆，在山水中間也是一樣。

晚上有人請客，在三角洲邊，江山船上吃晚飯。蘭谿人應酬，大抵在船上，與在菜館裏請客比較起來，價並不貴，而菜味反好，所以江邊花事，會歷久不衰，從前在建德桐廬富陽聞家堰一帶，直至杭州，各埠都有花舫，現在則祇剩得蘭谿衢州的幾處了，九姓漁船，將來大約要斷絕生路。

蘭谿 洞源

十一月十四日，星期二，晴朗，

去蘭谿東面的洞源山遊。

出蘭谿城，東繞大雲山脚，沿路軌落北，十里過楊清橋，遵溪向北向東，五里至山口，三里至洞源山之棲眞寺。寺是一個前朝的古剎，下有趙太史讀書處，書堂後面有一方泉水，名天池；寺右側，直立着一塊岩石，名飛來峰，這些都還平常；洞源山的出名，也是和北山一樣，係以洞著的。

這山當然是北山的餘脈，山石也都是和北山一系的石灰水成岩，所以洞窟特別的多。寺前山下石灰窰邊上，有湧雪洞，洞水溢出，激石成沐，狀似湧雪，也是一個奇觀，但我們因領路者不在，沒有到。

寺後禿山巖裏，有呵呵洞，因洞中有瀑布，呵呵作響，故名。再上山二里，有無底洞，是走不到底的。更西去里餘，爲白雲洞。

我們因爲在北山已經見識過山洞的奇偉了，所以各洞都沒有進去，祇進了一個在山的最高處的白雲洞。白雲洞洞口並不小，但因有一塊大石橫覆在口上，所以看去似乎小了，這石的面積，大約有三四丈長，一二丈寬，斜覆在洞口的正中，絕似一隻還巢的飛燕。進洞行數十步，路就曲折了起來，非用火炬照着不能前進，略斜向下，到底也有里把路深，洞身並不廣，最寬的地方，不過兩三丈而已，但因洞身之窄，所以仰起頭來看看洞頂，覺得特別的高，毛約約，大約可有二三十丈，洞頂洞壁，都是白色的鐘乳層，中間每嵌有一塊一塊的化石；鐘乳層紋，一套一套像雲也像烟，所以有白雲洞的名稱，這洞雖比不上北山三洞的規模浩大，但形勢卻也不同，在蘭谿多住了一天，看了這一個洞，算來也還值得。

棲眞寺後殿，有藏經樓，中藏有明代大藏經半部，紙色裝璜完好如新，還有半部，則在太平天國的時候毀去了。大殿的佛座下，嵌有明代諸賢的題詩石碣，葉向高的詩碣數方，我們自己用了半日的工夫，把牠搨了下來。

飯後向寺廊下一走，殿外壁上看見了傅增湘先生的朱筆題字數行，更向壁間看了許多近人的題詠，自己的想附名勝以傳不朽的卑劣心也起來了，因而就把昨夜在蘭谿做的一個臭屁，也放上了牆頭：

紅葉清溪水急流，蘭江風物最宜秋，
月明洲畔琵琶響，絕似潯陽夜泊舟。

放的時候，本來是有兩個，另一個為：

阿奴生小愛梳妝，屋住蘭舟夢亦香，
望煞江郎三片石，九姑東去不還鄉。

聞江山的江郎山，有三片千丈的大石，直立山巔，相傳是江郎兄弟三人入山成仙後所化。花船統名江山船，而世上又祇傳有望夫石，絕未聞有望妻者，我把這兩個故事拉在一處，編成小調，自家也還覺得可以成一個小玩意兒，但與棲眞寺的牆壁太無關了，所以不寫上去。

龍　游　小南海

十一月十五日，星期三，仍晴。

晨起出旅館，上蘭谿東城的大雲山攬勝亭去跑了一圈。山上山下有兩個塔，上塔在倉聖廟前，下塔在江邊同仁寺裏。南面下山就是蘭谿的義渡，過江上馬公嘴去的自蘭谿去龍游的公共汽車站，就在江的南岸。

午前十點鐘上汽車去龍游（按當日我係由蘭谿繞道至龍游，所以坐的是公共汽車；如果由杭州前往，可乘火車直達，不必再換汽車，）正午到，在旅館中吃午飯後就上城北五里路遠的小南海去瞻望竹林禪寺。寺在鳳凰山上，俗呼童檀山，下有茶圩村，隔瀔水和東岸的觀音前村相對。瀔水西溪和龍游江的上游諸水，盤旋會合在這鳳凰山下，所以沿水岸再向北，一二里路，到一突出的岩頭上——大約是瀫波亭的舊址——去向南遠望，就可以看得出衢州的千岩萬壑，和近鄉的烟樹溪流，這又是一幅王摩詰的山水橫額。溪中岩石很多，突出在水底，了了可見，所以水上時有瀫紋，兩岸的白沙青樹，倒影水中，和瀫紋交互一織，又像是吳綾蜀錦上的縱橫綉蹟。小南海的氣概並不大，竹林禪院的歷史也並不古——是光緒二十七年辛丑僧妙壽所建，新舊龍游縣志都不載——但纖麗的地方，卻有點像六朝人的小品文字。

明湯顯祖過鳳凰山，有一首詩，載在縣志上：

繫舟猶在鳳凰山，千里西江此日還，
今夜銷魂在何處，玉岑東下一重灣。

我也在這貂後續上了一截狗尾：

瀫水磯頭半日游，亂山高下望衢州，
西江兩岸沙如雪，詞客曾經此繫舟。

題目是鳳凰山懷湯顯祖。

夜在龍游宿，並且還上城隍廟去看了半夜爲募捐而演的戲。龍游地方銀行的吳姜諸公，約於明日中午去吃龍游的土菜，所以三疊石，烏石山等遠處，是不能去了。

浙東景物紀略

方巖紀靜

方巖在永康縣東北五十里。自金華至永康的百餘里，有公共汽車可坐，從永康至方巖就非坐轎或步行不可；我們去的那天，因爲天陰欲雨，所以在永康下公共汽車後就都坐了轎子，向東前進。十五里過金山村，又十五里到芝英，是一大鎮，居民約有千戶，多應姓者；停轎少息，雨愈下愈大了，就買了些油紙之類，作防雨具。再行十餘里，兩旁就有起山來了，峰巖奇特，老樹縱橫，在微雨裏望去，形狀不一，轎夫一一指示說：

這是公婆巖，那是老虎巖，……老鼠梯

等等，說了一大串，又數里，就到了巖下街，已經是在方巖的脚下了。

凡到過金華的人，總該有這樣的一個經驗，在旅館裏住下後，每會有些着青布長衫，文質彬彬的鄉下先生，來盤問你：

是否去方巖燒香的？這是第幾次來進香了？從前住過那一家？

你若回答他說是第一次去方巖，那他就會拿出一張名片來，請你上方巖去後，到這一家去住宿。這些都是巖下街的房頭像旅店而又略異的接客者。遠在數百里外，就有這些派出代理人來兜攬生意，一則也可以想見一年到頭方巖香市之盛，一則也可以推想巖下街四五百家人家競爭的激烈。

巖下街的所謂房頭，經營旅店業而專靠胡公廟吃飯者，總有三五千人，大半係程應二姓，文風極盛，財產也各可觀，房子都係三層樓。大抵的情形，下層係建築在谷裏，中層沿街，上層爲樓，房間一家總有三五十間，香市盛的時候，聽說每家都患人滿，香客之自紹興處州杭州及近縣來者，爲數固已不少，最遠者，且有自福建來的。

從巖下街起，曲折再行三五里，就上山；山上的石級是數不清的，密而且峻，盤旋環繞，要走一個鐘頭，才走得到胡公廟的峰門。

胡公名則，字子正，永康人，宋兵部侍郎，嘗奏免衢婺二州民丁錢，所以百姓感德，立廟祀之。胡公少時，曾在方巖讀過書，故而廟在方巖者爲老牌眞貨。且時顯靈異，最著的，有下列數則：

宋徽宗時，寇略永康，鄉民避寇於方巖，巖有千人坑，大藤懸掛，寇至緣藤而上，忽見赤蛇嚙藤斷，寇都墜死。

盜起清溪，盤踞方巖，首魁夜夢神飮馬於巖之池，平明池涸，其徒驚潰。

洪陽事起，近鄉近村多遭刼，獨方巖得無恙。

民國三年，嵊縣民鄉，慕胡公之靈異，造廟祀之，乘昏夜來方巖盜胡公頭去，欲以之造像，公夢示知事及近鄉農民，屬捉盜神像頭者，盜盡就逮。是年冬間嵊縣一鄉大火，凡預聞盜公頭者皆燒失。翌年八月該鄉民又有二人來進香，各斃於路上。

類似這樣的奇蹟靈異，還數不勝數，所以一年四季，方巖香火不絕，而尤以春秋爲盛，朝山進香者，絡繹於四方數百里的途上。金華人之遠旅他鄉者，各就其地建胡公廟以祀公，雖然說是迷信，但感化威力的廣大，實在也出乎我們的意料之外，這是就方巖的盛名所以能遠播各地的一近因而說的話，至於我們的不遠千里，必欲至方巖一看的原因，卻在牠的山水的幽靜靈秀，完全與別種山峰不同的地方。

方巖附近的山，都是絕壁陡起，高二三百丈，面積周圍三五里至六七里不等。而峰頂與峰腳，面積無大差異，形狀或方或圓，絕似碩大的撐天圓柱。峰巖頂上，又都是平地，林木叢叢，簇生如髮。峰的腰際，祇是一層一層的沙石巖壁，可望而不可登。間有瀑布奔流，奇樹突現，自朝至暮，因日光風雨之移易，形狀景象也千變萬化，捉摸不定。山之偉觀，到此太約是可以說得已臻極頂了罷？

從前看中國畫裏的奇巖絕壁，皴法皺疊，蒼勁雄偉到不可思議的地步，現在到了方巖，向各山路一舉目，才知道南宗北派的畫山點石，都還有未到之處。在學校裏初學英文的時候，讀到那一位美國清教作家何桑的大石面一篇短篇，頗生異想，身到方巖，方知年幼時的少見多怪，像那篇小說裏所寫的大石面，在這附近眞不知有多多少少。我不會到過埃及，不知沙漠中的 Sphinx 比起這些巖面來，又該是誰兄誰弟。尤其是天造地設，淸幽岑寂到令人毛髮悚然的一區境界，是方巖北面相去約二三里地的壽山下五峰書院所在的地方。

北面數峰，遠近環拱，至西面而南偏，絕壁千丈，成了一條上突下縮的倒覆危牆。危牆腰下，離地約二三丈的地方，牆脚忽而不見，形成大洞，似巨怪之張口，口腔上下，都是石壁，五峰書院，麗澤祠，學易齋，就建築在這巨口的上下鄂之間，不施椽瓦，而風雨莫及，冬暖夏涼，而紅塵不到。更奇峭者，就是這絕壁的忽而向東南的一折，遞進而突起了固厚，瀑布，桃花，覆釜，鷄鳴的五個奇峰，峰峰都高大似方巖，而形狀顏色，各不相同。立在五峰書院的樓上，祇聽得見四圍飛瀑的淸音，仰視天小，鳥飛不渡，對視五峰，靑紫無言，向東展望，略見白雲遠樹，浮漾在楔形闊處的空中。一種幽靜，淸新，偉大的感覺，自然而然地襲向人來；朱晦翁，呂東萊，陳龍川諸道學先生的必擇此地來講學，以及一般宋儒的每喜利用山洞或風景幽麗的地方作講堂，推其本意，大約總也在想借了自然的威力來壓制人欲的緣故；不看金華的山水，這種宋儒的苦心是猜不出來的。

初到方巖的一天，就在微雨裏遊盡了這五峰書院的周圍，與胡公廟的全部。廟在巖頂，規模頗大，前前後後，也有兩條街，許多房頭，在蒙胡公的福蔭；一人成佛，鷄犬都仙，原是中國的舊例。胡公神像，是一位赤面長鬚的柔和長者，前殿後殿，各有一尊，相貌裝飾，兩都一樣，大約一尊是預備着於出會時用的。我們去的那日，大約剛逢着了廢歷的十月初一，廟中前殿戲臺上在演社戲敬神。臺前簇擁着許多老幼男女，各流着些被感動了的隨喜之淚，而戲中的情節說辭，我們竟一點兒也不懂；問問立在我們身旁的一位像本地出身，能說普通話的中老紳士，方知戲班是本地班，所演的爲殺狗勸妻一類的孝義雜劇。

從胡公廟下山，回到了宿處的程××店中，則客堂上早已經點起了兩大枝紅燭，擺上了許多大肉大鷄的酒菜在候我們吃晚飯了；菜蔬豐盛到了極點，但無魚少海味，所以味也不甚適口。

第二天破曉起來，仍坐原轎繞靈巖的福善寺回永康，路上的風景，也很清異。

第一，靈巖也係同方巖一樣的一枝突起的奇峰，峰的半空，有一穿心大洞，長約二三十丈，廣可五六丈左右，所謂福善寺者，就係建築在這大山洞裏的。我們由東首上山進洞的後面，通過一條從洞裏隔出來的長衖出南面洞口而至寺內，居然也有天王殿，韋馱殿，觀音堂等設置，山洞的大，也可想見了。南面四山環抱，紅葉青枝，照耀得可愛之至；因爲天晴了，所以空氣澄鮮；一道下山去的曲折石級，自上面瞭望下去，更覺得幽深到不能見底。

下靈巖後，向西北的繞道囘去，一路上儘是些低昂的山嶺與旋繞的清溪，經過園內有兩株數百年古柏的周氏祠廟，將至俗名耳朵嶺的五木嶺口的中間，一段溪光山影，景色眞像是在畫裏；西南處州各地的遠山，呼之欲來，囘頭四望，清入肺腑。

過五木嶺，就是一大平原，北山隱隱，已經看得見橫空的一綫，十五里到永康，坐公共汽車囘金華，還是午後三四點鐘的光景。

爛柯紀夢

晉王質，伐木至石室中，見童子四人彈琴而歌，質因倚柯聽之，童子以一物如棗核與質，質含之便不復飢。俄頃，童子曰：「其歸！」承聲而去，斧柯摧然爛盡。既歸，質去家已數十年，親情凋落，無復向時比矣。

這傳說，小時候就聽到了，大約總是喜歡念佛的老祖母講給我們孩子聽的神仙故事。和這故事聯合在一起的，還有一張習字的時候用的方格紅字，叫作「王子去求仙，丹成入九天，山中方七日，世上已千年。」我的所以要把這些兒時的記憶，重新喚起的原因，不過想說一句這故事的普遍流傳而已。是以樵子入山看神仙對弈，斧柯爛盡的事情，各處深山裏都可以插得進去，也眞怪不得中國各地，有爛柯的遺跡至十餘處之多了。但衢州的爛柯山，卻是道書上所說的「青霞第八洞天，」亦名「景華洞天」的所在，是大家所公認的這爛柯故事的發源本土，也是從金華來衢州遊歷的人非到不可的地方，故而到衢州的翌日，我們就出發去遊柯山。（衢州人叫爛柯山都祇稱柯山。）

十月陽和，本來就是小春的天氣，可是我們到爛柯山的那天，覺得比平時的十月，還更加和暖了幾分。所以從衢州的小南門出來，打桑樹柏樹很多的野田裏經過，一路上看山看水，走了十六七里路後，在仙壽亭前渡沙步溪，一直到了石橋寺卽寶巖寺的脚下，向寺後山上一個通天的大洞看了一眼的時候，方纔同從夢裏醒轉來的人一樣，整了一整精神。爛柯山的這一根石樑，實在是偉大，實在是奇怪。

出衢州的南門的時候，眼面前祇看得出一排隱隱的青山而已；南門外的桑麻野道，野道旁的池沼清溪，以及牛羊村集，草舍蕉田，風景雖則清麗，但也並不覺得特別的好。可是在仙壽亭前過渡的瞬間，一看那一條澄清澈底的同大江般的溪水，心裏已經有點發癢似的想叫起來了，殊不知入山三里，在青葱環繞着的極深奧的區中，更來了這巨人撐足直立似的一個大洞；立在山下，遠遠望去，就可以從這巨人的跨下，看出後面的一灣碧綠碧綠的青天，雲煙縹緲，山意悠閑，清通靈秀，祇覺得是身到了別一個天地；一個在城市裏住久的俗人，忽入此境，那能夠叫他不目瞪口呆，暗暗裏要想到成仙成佛的事情上去呢？

石橋寺，卽寶巖寺，在爛柯山的南麓，雖說是梁時創建的古刹，但建築卻已經摧毀得不得了了。寺後上山踏石級走里把路，就可以到那條石梁或石橋的洞下；洞高二十多丈，寬三十餘丈，南北的深約三五丈，眞像是懸空從山間鑿出來的一條石橋，不過平常的橋梁，決沒有這樣高大的橋洞而已。石橋的上面，仍舊是層層的巖石，洞上一層，也有中空的一條石縫，爬上去俯身一看，是可以看得出天來的，所謂一線天者，就係指這一條小縫而言。再上去，是石橋的頂上，平坦可以建屋，從前有一個塔，造在這最高峯上，現在卻祇能看出一堆高高突起的瓦礫，塔是早已傾圮盡了。

石橋下南洞口，有一塊圓形岩石蹲伏在那裏，石的右旁的一個八角亭，就是所謂遲日亭。這亭的高度，總也有三五丈的樣子，但你若跑上北面離柯山略遠的小山頂上去瞭望過來，祇覺得是一堆小小的木堆，塞在洞的旁邊。石橋洞底壁上，右手刻着明郡守楊子臣寫的「爛柯仙洞」四個大字，左手刻着明郡守李遂寫的「天生石梁」四個大字，此外還有許多小字的題名記載的石刻，都因爲沙石岩容易風化的緣故，已經剝落得看不清楚了。石橋洞下，有十餘塊斷碑殘碣，縱橫堆疊在那裏。三塊宋碑的斷片，字跡飛舞雄偉，比黃山谷更加有勁。可惜中國人變亂太多，私心太重，這些舊跡名碑，都已經斷殘缺裂到了不可收拾的地步。爛柯山志編者，在金石部下有一段記事說：

名碑古物之燬於兵燹，宜也；但爛柯山之金石，不幸竟三次被毀於文人，豈非怪事？所謂文人的毀碑，有兩次是因建寺而將這些石碑擡了去塡過屋基，有一次係一不知姓名者來寺搨碑，搨後便私自將那些較古的碑石鑿斷敲裂，使後人不復有再見一次的機會。

爛柯山南麓，在上山去的石級旁邊，還有許多翁仲石馬，亂倒在荒榛漫草之中。翻爛柯山志一查，纔知道明四川巡撫徐忠烈公，葬在此地，俗稱徐天官墓者，就是此處。

在柯山寺的前前後後，賞玩了兩三個鐘頭，更在寺裏吃了一頓午飯，我們就又在暖日之下，和做夢似地回到了衢州，因爲衢州城裏還有幾處地方，非去看一下不可。

一是在豆腐鋪作場後面的那座天王塔。

二是城東北隅吳征虜將軍鄭公捨宅而建的那個古刹祥符寺。

三是孔子家廟，及廟內所藏的子貢手刻的楷木孔子及夫人亓官氏像。

這三處當然是以孔廟和楷木孔子像最爲一般人所知道，數千年來的國寶，實在是不容易見到的希世奇珍。

陪我們去孔廟的，是三衢醫院的院長孔熊瑞先生，係孔子第七十三代的裔孫。楷木像藏在孔廟西首的一間樓上；像各高尺餘，孔子的是朝服執圭的一個坐像，亓官夫人的也是一樣的一個，但手中無圭。兩像顏色蒼黑，刻劃遒勁，決不是近代人的刀勢。據孔先生告訴我們的話，則這兩像素來就說是出於端木子貢之手刻，宋南渡時由衍聖公孔端友抱負來衢，供在家廟的思魯閣上；即以來衢州後的年限來說，也已經有八九百年的歷史了。孔子像的面貌，同一般的畫像並不相同，兩眼及鼻子很大，顴骨不十分高，鬚分三掛下垂，及拱起的手際耳朵也比常人大一點兒。孔子的一個圭，一掛鬚，及一隻耳朵，已經損壞了，現在的係後人補刻嵌入的，刀法和刻紋與原刻的一比，顯見得後人的筆勢來得軟弱。孔廟正中殿上，尙有孔子塑像一尊，東西兩廡，各有遷衢始祖衍聖公孔端友第的塑像數尊，西首思魯閣下，還有石刻吳道子畫的孔子像碑一塊；一座家廟，形式格局，完全是聖廟的大成至聖先師之殿。我雖則還不曾到過曲阜，但在這衢州的孔廟內巡視了一下，閉上眼睛，那座聖地的殿堂，彷彿也可以想像得出來了。

衢州西安門外，新河沿下的浮橋邊，原也有江干的花市在的，但比到蘭谿的江山船，要遜色得多，所以不紀。

仙霞紀險

從衢州南下，一路上迎送着的有不斷的青山，更超過幾條水色藍碧的江身，經一大平原，過雙塔地，到一區四山圍抱的江城，就是江山縣了。

江山是以三片石的江郎山出名的地方，南越仙霞關，直通閩粵，西去玉山，便是江西；所謂七省通衢，江山實在是第一個緊要的邊境。世亂年荒，這江山縣人民的提心吊胆，打草驚蛇的狀況，也可以想見的了；我們南來，也不過想見識見識仙霞關的險峻，至於採風訪俗，玩水遊山，在這一個年頭，卻是不許輕易去嘗試的雅事，所以到江山的第二日一早，我們就亟亟地雇了一輛汽車，馳往仙霞關去。

在南門外的汽車站上車，三里就到俗名東嶽山，有一塊老虎岩，並一座明嘉靖年間建置的塔在的景星山下；南行二十里，遠遠望得見衝天的三塊巨岩江郎山，或合或離，在東面的羣山中跳躍：再去是淤頭，是峽口，是仙霞嶺的區域了，去江山雖有八九十里路程，但汽車走走，也祇走了兩三個鐘頭的樣子。

仙霞嶺的面貌，實在是雄奇偉大得很！老遠看來，就是那麼高那麼大的這排百里來長的仙霞山脈，近來一看，更覺得是不見天日了。東西南的三面，灣裏有灣，山上有山，奇峰怪石，老樹長藤，不計其數；而最曲折不盡，令人方向都分辨不出來的，是新從關外二十八都築起，沿龍溪化龍溪兩支深山中的大水而行的那條通江山的汽車公路。

五步一轉灣，三步一上嶺，一面是流泉渦旋的深坑萬丈，一面又是鳥飛不到的絕壁千尋。轉一個灣，變一番景色，上一條嶺，闢一個天地，上上下下，去去回回，我們在仙霞山中，龍溪岸上，自北去南，因爲要繞過仙霞關去，汽車足足走了有一個多鐘頭的山路。山的高，水的深，與夫灣的多，路的險，不拆不扣的說將出來，比杭州的九溪十八澗，起碼總要超過三百多倍。要看山水的曲折，要試車路的崎嶇，要將性命和運命去拚拚，想嘗一嘗生死關頭，千鈞一髮的冒險異味的人，仙霞嶺不可不到，尤其是從仙霞關北麓繞路出關，上關南二十八都去的這一條新闢的汽車公路，不可不去一走。車到關南，行經小竿嶺的那個隘口，近瞰二十八都谷底裏的人家。遠望浦城楓嶺諸峰的青影的時候，我眞感到了一種一則以喜一則以懼的說不出的心理；喜的是關後許多險隘，已經被我走過了，懼的是直望山脚的目的地二十八都，雖然是祇離開了一程拋石的空間，但山坡陡削，直衝下去，總也還有二三千尺的高度。這時候囘頭來看看仙霞關，一條石級鋪得像蛇腹似的曩時的鳥道，卻早已高高隱沒在雲霧與樹木的中間了。

從小竿嶺的隘口下來，盤旋迴繞，再走了三四十分鐘頭，到仙霞關外第一口的二十八都去一看，忽然間大家的身上又起了一層鷄皮的細粒。

太陽分明是高照在那裏，天色當然是蒼蒼的，高大的人家的住屋，也一層一層的排列着在，但是人哩，活的生動着的人哩，人都到那裏去了呢？

許許多多的很整齊的人家，窗戶都是掩着的，門卻是半開半閉，或者竟全無地空空洞洞同死鱸魚的口嘴似的張開在那裏。踏進去一看，地下祇散亂鋪着有許多稻草。脚步聲在空屋裏反射出來的那一種響聲，自已聽了也要害怕。忽而索落落屋角的黑暗處稻草一動，偶而也會立起一個人來，但祇光着眼睛，向你上下一打量，他就悄悄的避開了。你若追上去問他一句話呢，他祇很勉强地站立下來，對你又是光着眼睛的一番打量，搖搖頭，露一臉陰風慘慘的苦笑，就又走了，回話是一句也不說的。

我們照這樣的搜尋空屋，搜尋了好幾處，纔找到了一所基幹隊駐箚在那裏的處所。守衞的兵士，對我們起初當然也是很含有疑懼的一番打量，聽了我們的許多說明之後，他纔開口說：「昨晚上又有謠言。居民是自從去年九月以來，早就搬走了。在這裏要吃一頓飯，是很不容易，因爲豆腐青菜都沒有人做，但今天早晨，隊長是已經接到了江山胡站長的信，飯大約總在預備了罷？」說了，就請我們上大廳去息息。我們看到了這一種情形，聽到了那一番話，食慾早就被恐怖打倒了，所以道了一聲隊長萬福，跳上車子，轉身就走。

重回到小竿嶺的那個隘口的時候，幾刻鐘前曾經盤問我們過，幸虧有了陳萬里先生的那個徽章證明，纔安然放我們過去的那位捧大刀的守衞兵，卻笑着對我們說：『你們就回去了麽？』回來一過此口，已經入了安全地帶，我們的胆子也大起來了，就在龍溪邊上，一處叫作大鳩的溪橋旁邊下了車，打算爬上山去，親眼去看一看那座也可以說是一夫當關，萬夫莫開，宋史浩方把石路鋪起來的仙霞關口。一面叫空車子仍遵原路，繞到仙霞關北相去五里的保安村去等候我們，好讓我們由關南上嶺，關北下山，一路上看看風景。

據書上的記載，則仙霞嶺高三百六十級，凡二十四曲，有五關，×十峰等等，我們因爲是從半腰裏上去的，所以所走的祇是關門所在的那一段。

仙霞關，前前後後，有四個關門。第二關的邊上，將近頂邊的地方，有一座新築的碉樓在那裏，據陪我們去游的胡站長說，江山近旁，共有碉樓四十餘處，是新近纔築起來的，但汽車路一開，這些碉樓，這座雄關，將來怕都要變成些虛有其名的古蹟了。

仙霞關內嶺頂，有一座霞嶺亭，亭旁住着一家人家，從前大約是守關官吏的住所，現在卻祇剩了一位老人，在那裏賣茶給過路的行人。

北面出關，下嶺里許，是一個關帝廟。規模很大，有觀音閣，浣霞池亭等建築，大約在前的閩浙官吏來往，總是在這廟內寄宿的無疑。現在東面浣霞池的亭上，還有許多周亮工的過關詩，以及清初諸名宦的唱和詩碣，嵌在石壁的中間。

在關帝廟裏喝了一碗茶，買了些有名的仙霞關的綠茶茶葉，晚霞已經圍住了山腰，我們的手上臉上都感覺得有點潮潤起來了，大家就不約而同的叫了出來說：

「啊！原來這些就是仙霞！不到此地，可眞不曉得這關名之妙喂！」

下嶺過溪，走到溪旁的保安村裏，坐上車子，再探頭出來看了一眼曾經我們走過的山嶺，這座東南的雄鎮，卻早已羞羞怯怯，躲入到一片白茫茫的仙霞懷裏去了。

冰川紀秀

冰川是玉山東南門外環城的一條大溪，我們上玉山到這溪邊的時候，因爲杭江鐵路車尙未通；是由江山坐汽車繞廣豐，直驅了二三百里的長路，好容易纔走到的。到了冰溪的南岸來一看，在衢州見了顏色兩樣的城牆時所感到的那種異樣的，緊張的空氣，更是迫切了；走下汽車，對手執大刀，在浮橋邊檢查行人的兵士們偷抛了幾眼斜視，我們就祇好決定不進城去，但在冰川旁邊走走，馬上再坐原車回去江山。

玉山城外是由這一條天生的城河冰溪環抱在那裏的，東南半角，卻有着好幾處雁齒似的浮橋。浮橋的脚上，手捧着明晃晃的大刀，肩負着實蒼蒼的馬鎗，在那裏檢查入城證，良民證的兵士，看起來相貌都覺得是很可怕。

從冰川第一樓下繞過，沿堤走向東南，一塊大空地，一個大森林，就是郭家洲了。武安山障在南邊，普寧寺，鶴嶺寺接在東首。單就這一角的風景來說，有山有水，還有水車，磨房漁梁，石墈，水閘，長堤，凡中國畫或水彩畫裏所用得着的各種點景的品物，都已經齊備了；在這樣小的一個背景裏，能具備着這麼些個秀麗的點綴品的地方，我覺得行盡了江浙的兩地，也是很不多見的。而尤其是出乎我們的意料之外的，是郭家洲這一個三角洲上的那些樹林的疏散的逸韻。

郭家洲，從前大約也是冰溪的流水所經過的地方，但時移勢易，滄海現在竟變作了桑田了；那一排疏疏落落的雜樹林，同外國古宮舊堡的畫上所有的那樣的那排大樹，少算算，大約總也已經有了百數歲的年紀。

這一次在漫遊浙東的途中，看見的山也眞不少了，但每次總覺得有點美中不足的，是樹木的稀少；不意一跨入了這江西的境界，就近在縣城的旁邊，居然竟能夠看到了這一個自然形成的像公園似的大雜樹林！

城裏既然進不去，爬山又恐怕沒有時間，並且離縣城向西向北十來里地的境界，去走就有點兒危險，萬不得已，自然祇好橫過郭家洲，上鶴嶺寺山上的那一個北面的空亭，去遙望玉山的城市了。

玉山城裏的人家，實在整潔得很。沿城河的一排住宅，窗明几淨，倒影溪中，遠看好像是威匿思市裏的通衢。太陽斜了，城裏頭起了炊煙，水上的微波，也漸漸地漸漸地帶上了紅影。西北的高山一帶，有一個尖峰突起，活像是倒插的筆尖，大約是懷玉山了罷？

這一回沿杭江鐵路西南直下，千里的遊程，到玉山城外終止了。『冰為溪水玉為山！』坐上了向原路回來的汽車，我念着戴叔倫的這一句現成的詩句，覺得這一次旅行的煞尾，倒很有點兒像德國浪漫派詩人的小說。

一九三三年十二月稿

釣臺的春晝

因爲近在咫尺，以爲什麼時候要去就可以去，我們對於本鄉本土的名區勝景，反而往往沒有機會去玩，或不容易下一個決心去玩的。正唯其是如此，我對於富春江上的嚴陵，二十年來，心裏雖每在記着，但脚卻從沒有向這一方面走過。一九三一，歲在辛未，暮春三月，春服未成，而中央黨帝，似乎又想玩一個秦始皇所玩過的把戲了，我接到了警告，就倉皇離去了寓居。先在江浙附近的窮鄉裏，遊息了幾天，偶而看見了一家掃墓的行舟，鄉愁一動，就定下了歸計。繞了一個大灣，趕到故鄉，卻正好還在清明寒食的節前。和家人等去上了幾處墳，與許久不會見過面的親戚朋友，來往熱鬧了幾天，一種鄉居的倦怠，忽而襲上心來了，於是乎我就決心上釣臺去訪一訪嚴子陵的幽居。

釣臺去桐廬縣城二十餘里，桐廬去富陽縣治九十里不足，自富陽溯江而上，坐小火輪三小時可達桐廬，再上則須坐帆船了。

我去的那一天，記得是陰晴欲雨的養花天，並且係坐晚班輪去的，船到桐廬，已經是燈火微明的黃昏時候了，不得已就祇得在碼頭近邊的一家旅館的高樓上借了一宵宿。

桐廬縣城，大約有三里路長，三千多煙竈，一二萬居民，地在富春江西北岸，從前是皖浙交通的要道，現在杭江鐵路一開，似乎沒有一二十年前的繁華熱鬧了。尤其要使旅客感到蕭條的，卻是桐君山腳下的那一隊花船的失去了蹤影。說起桐君山，原是桐廬縣的一個接近城市的靈山勝地，山雖不高，但因有仙，自然是靈了，以形勢來論，這桐君山也的確是可以產生出許多口音生硬，別具風韻的桐嚴嫂來的生龍活脈；地處在桐溪東岸，正當桐溪和富春江合流之所，依依一水，西岸便瞰視着桐廬縣市的人家煙樹。南面對江，便是十里長洲；唐詩人方干的故居，就在這十里桐洲九里花的花田深處。向西越過桐廬縣城，更遙遙對着一排高低不定的青巒，這就是富春山的山子山孫了。東北面山下，是一片桑麻沃地，有一條長蛇似的官道，隱而復現，出沒盤曲在桃花楊柳洋槐榆樹的中間；繞過一支小嶺，便是富陽縣的境界，大約去程明道的墓地程墳，總也不過一二十里地的間隔；

我的去拜謁桐君，瞻仰道觀，就在那一天到桐廬的晚上，是淡雲微月，正在作雨的時候。

魚梁渡頭，因爲夜渡無人，渡船停在東岸的桐君山下。我從旅館踱了出來，先在離輪埠不遠的渡口停立了幾分鐘，後來向一位來渡口洗夜飯米的年輕少婦，弓身請問了一回，纔得到了渡江的祕訣。她說：『你祇須高喊兩三聲，船自會來的。』先謝了她教我的好意，然後以兩手圍成了播音的喇叭，『喂，喂，船渡請搖過來！』地縱聲一喊，果然在半江的黑影當中，船身搖動了。漸搖漸近，五分鐘後，我在渡口，卻終於聽出了咿呀柔櫓的聲音。時間似乎已經入了酉時的下刻，小市裏的羣動，這時候都已經靜息；自從渡口的那位少婦，在微茫的夜色裏，藏去了她那張白團團的面影之後，我獨立在江邊，不知不覺心裏頭卻兀自感到了一種他鄉日暮的悲哀。渡船到岸，船頭上起了幾聲微微的水浪淸音，又銅東的一響，我早已跳上了船，渡船也已經掉過頭來了。坐在黑沈沈的艙裏，我起先祇在靜聽着柔櫓劃水的聲音，然後卻在黑影那看出了一星船家在吸着的長烟管頭上的烟火，最後因爲沉默壓迫不過，我祇好開口說話了：『船家！你這樣的渡我過去，該給你幾個船錢？』

我問。『隨你先生把幾個就是。』船家說話冗慢幽長，似乎已經帶着些睡意了，我就向袋裏摸出了兩角錢來。『這兩角錢，就算是我的渡船錢，請你候我一會，上去燒一次夜香，我是依舊要渡過江來的。』船家的回答，祇是恩恩烏烏，幽幽同牛叫似的一種鼻音，然而從這鼻音而起的兩三聲輕快的喀聲聽來，他卻已經在感到滿足了，因爲我也知道，鄉間的義渡，船錢最多也不過是兩三枚銅子而已。

到了桐君山下，在山影和樹影交掩着的崎嶇道上，我上岸走不上幾步，就被一塊亂石拌倒，滑跌了一次。船家似乎也動了惻隱之心了，一句話也不發，跑將上來，他卻突然交給了我一盒火柴。我於感謝了一番他的盛意之後，重整步武，再摸上山去，先是必須點一枝火柴走三五步路的，但到得半山，路既就了規律，而微雲堆裏的半規月色，也朦朧地現出一痕銀線來了，所以手裏還存着的半盒火柴，就被我藏入了袋裏。路是從山的西北，盤曲而上；漸走漸高，半山一到，天也開朗了一點，桐廬縣市上的燈光，也星星可數了。更縱目向江心望去，富春江兩岸的船上和桐溪合流口停泊着的船尾船頭，也看得出一點一點的火來。走過半山，桐君觀裏的晚禱鐘鼓，似乎還沒有息盡，耳朵裏彷彿聽見了幾絲木魚鉦鈸的殘聲。走上山頂，先在半途遇着了一道道觀外圍的女牆，這女牆的柵門，卻已經掩上了。在柵門外徘徊了一刻，覺得已經到了此門而不進去，終於是不能滿足我這一次暗夜冒險的好奇怪癖的。所以細想了幾次，還是決心進去，非進去不可，輕輕用手往那面一推，柵門卻呀的一聲，早已退向了後方開開了，這門原來是虛掩在那裏的。進了柵門，踏着為淡月所映照的石砌平路，向東向南的前走了五六十步，居然走到了道觀的大門之外，這兩扇朱紅漆的大門，不消說是緊閉在那裏的。到了此地，我卻不想再破門進去了，因為這大門是朝南向着大江開的，門外頭是一條一丈來寬的石砌步道，步道的一旁是道觀的牆，一旁便是山坡，靠山坡的一面，並且還有一道二尺來高的石牆築在那裏，大約是代替欄杆，防人傾跌下山去的用意；石牆之上，鋪的是二三尺寬的青石，在這似石欄又似石橙的牆上，儘可以坐臥遊息，飽看桐江和對岸的風景，就是在這裏坐牠一晚，也很可以，我又何必去打開門來，驚起那些老道的惡夢呢？

空曠的天空裏，流漲着的祇是些灰白的雲，雲層缺處，原也看得出半角的天，和一點兩點的星，但看起來最饒風趣的，卻仍是欲藏還露，將見仍無的那半規月影。這時候江面上似乎起了風，雲脚的遷移，更來得迅速了，而低頭向江心一看，幾多散亂着的船裏的燈光，也忽明忽滅地變換了一變換位置。

這道觀大門外的景色，眞神奇極了。我當十幾年前，在放浪的遊程裏，曾向瓜州京口一帶，消磨過不少的時日；那時覺得果然名不虛傳的，確是甘露寺外的江山，而現在到了桐廬，昏夜上這桐君山來一看，又覺得這江山的秀而且靜，風景的整而不散，卻非那天下第一江山的北固山所可與比擬的了。眞也難怪得嚴子陵，難怪得戴徵士，倘使我若能在這樣的地方結屋讀書，以養天年，那還要什麼的高官厚祿，還要什麼的浮名虛譽哩？一個人在這相君觀前的石檻上，看看山，看看水，看看城中燈火和天上的星雲，更做做浩無邊際的無聊的幻夢，我竟忘記了時刻，忘記了自身，直等到隔江的擊拆聲傳來，向西一看，忽而覺得城中的燈影微茫地減了，纔跑也似地走下了山來，渡江奔回了客舍。

第二日侵晨，覺得昨天在桐君觀前做過的殘夢正還沒有續完的時候，窗外面忽而傳來了一陣吹角的聲音。好夢雖被打破，但因這同吹篳篥似的商音哀咽，卻很含着些荒涼的古意，並且曉風殘月，楊柳岸邊，也正好候船待發，上嚴陵去；所以心裏縱懷着了些兒怨恨，但臉上卻祇現出了一痕微笑，起來梳洗更衣，叫茶房去雇船去。雇好了一隻雙槳的漁舟，買就了些酒菜魚米，就在旅館前面的碼頭上上了船，輕輕向江心搖出去的時候，東方的雲幕中間，已現出了幾絲紅韻，有八點多鐘了；舟師急得厲害，祇在埋怨旅館的茶房，爲什麼昨晚不預先告訴，好早一點出發。因爲此去就是七里灘頭，無風七里，有風七十里，上釣臺去玩一趟回來，路程雖則有限，但這幾日風雨無常，說不定要走夜路，纔回來得了的。

過了桐廬，江心狹窄，淺灘果然多起來了。路上遇着的來往的行舟，數目也是很少，因爲早晨吹的角，就是往建德去的快班船的信號，快班船一開，來往於兩埠之間的船就不十分多了。兩岸全是青青的山，中間是一條清淺的水，有時候過一個沙洲，洲上的桃花菜花，還有許多不曉得名字的白色的花，正在喧鬧着春暮，吸引着蜂蝶。我在船頭上一口一口的喝着嚴東關的藥酒，指東話西地問着船家，這是甚麼山？那是甚麼港？驚嘆了半天，稱頌了半天，人也覺得倦了，不曉得什麼時候，身子卻走上了一家水邊的酒樓，在和數年不見的幾位已經做了黨官的朋友高談闊論。談論之餘，還背誦了一首兩三年前曾在同一的情形之下做成的歪詩：

不是尊前愛惜身，佯狂難免假成眞，曾因酒醉鞭名馬，生怕情多累美人，
劫數東南天作孽，鷄鳴風雨海揚塵，悲歌痛哭終何補，義士紛紛說帝秦。

直到盛筵將散，我酒也不想再喝了，和幾位朋友鬧得心裏各自難堪，連對旁邊坐着的兩位陪酒的名花都不願意開口。正在這上下不得的苦悶關頭，船家卻大聲的叫了起來說：

『先生，羅芷過了，釣臺就在前面，你醒醒罷，好上山去燒飯吃去。』

擦擦眼睛，整了一整衣服，擡起頭來一看，四面的水光山色又忽而變了樣子了。清清的一條淺水，比前又窄了幾分，四圍的山包得格外的緊了，彷彿是前無去路的樣子。並且山容

峻削，看去覺得格外的瘦格外的高。向天上地下四圍看看，祇寂寂的看不見一個人類。雙槳的搖響，到此似乎也不敢放肆了，鉤的一聲過後，要好半天纔來一個幽幽的迴響，靜，靜，靜，身邊水上，山下岩頭，祇沈浸着太古的靜，死滅的靜，山峽裏連飛鳥的影子也看不見半隻。前面的所謂釣臺山上，祇看得見兩個大石壘，一間歪斜的亭子，許多縱橫蕪雜的草木。山腰裏的那座祠堂，也祇露着些廢垣殘瓦，屋上面連炊煙都沒有一絲半縷，像是好久好久沒人住了的樣子。並且天氣又來得陰森，早晨曾經露一露臉過的太陽，這時候早已深藏在雲堆裏了，餘下來的祇是時有時無從側面吹來的陰颼颼的半箭兒山風，船靠了山脚，跟着前面背着酒菜魚米的船夫走上嚴先生祠堂去的時候，我心裏眞有點害怕，怕在這荒山裏要遇見一個乾枯蒼老得同絲瓜筋似的嚴先生的鬼魂。

在祠堂西院的客廳裏坐定，和嚴先生的不知第幾代的裔孫談了幾句關於年歲水旱的話後，我的心跳也漸漸兒的鎮靜下去了，囑托了他以煮飯燒菜的雜務，我和船家就從斷碑亂石中間爬上了釣臺。

東西兩石壘，高各有二三百尺，離江面約兩里來遠，東西臺相去，祇有一二百步，但其間卻夾着一條深谷。立在東臺，可以看得出羅芷的人家，回頭展望來路，風景似乎散漫一點，而一上謝氏的西臺，向西望去，則幽谷裏的清景，卻絕對的不像是在人間了。我雖則沒有到過瑞士，但到了西臺，朝西一看，立時就想起了曾在照片上看見過的威廉退兒的祠堂。這四山的幽靜，這江水的青藍，簡直同在畫片上的珂羅版色彩，一色也沒有兩樣；所不同的，就是在這兒的變化更多一點，周圍的環境更蕪雜不整齊一點而已，但這卻是好處，這正是足以代表東方民族性的頹廢荒涼的美。

從釣臺下來，回到嚴先生的祠堂——記得這是洪楊以後嚴州知府戴槃重建的祠堂——西院裏飽啖了一頓酒肉，我覺得有點酩酊微醉了。手拿着以火柴柄製成的牙籤，走到東面供着嚴先生神像的龕前，向四面的破壁上一看，翠墨淋漓，題在那裏的，竟多是些俗而不雅的過路高官的手筆。最後到了南面的一塊白牆頭上，在離屋檐不遠的一角高處，卻看到了我們的一位新近去世的同鄉夏靈峰先生的四句似邵堯夫而又略帶感嘅的詩句。夏靈峯先生雖則祇知崇古，不善處今，但是五十年來，像他那樣的頑固自尊的亡清遺老，也的確是沒有第二個人。比較起現在的那些官迷財迷的南滿尚書和東洋宦婢來，他的經術言行，姑且不必去論牠，就是以骨頭來秤秤，我想也要比什麼羅三郎鄭太郎輩，重到好幾百倍。慕賢的心一動，醺人的臭技自然是難熬了，堆起了幾張桌椅，借得了一枝破筆，我也在高牆上在夏靈峯先生的脚後放上了一個陳屁，就是在船艙的夢裏也是微吟過的那一首歪詩。

從牆頭上跳將下來，又向龕前天井去走了一圈，覺得酒後的喉嚨，有點渴癢了，所以就又走囘到了西院，靜坐着喝了兩碗清茶。在這四大無聲，祇聽見我自己的啾啾喝水的舌音衝擊到那座破院的敗壁上去的寂靜中間，同驚雷似地一響，院後的竹園裏卻忽而飛出了一聲閑長而又有節奏似的鷄啼的聲來。同時在門外面歇着的船家，也走進了院門，高聲的對我說：

『先生，我們囘去罷，已經是吃點心的時候了，你不聽見那隻公鷄在後山啼麼？我們回去罷！」

一九三二年八月在上海寫

桐君山的再到

杭州建德的公共汽車路開後，自富陽至桐廬的一段，我還沒有坐過。每聽人說，釣臺在修理了，報上也登着說，某某等名公已經發出募捐啓事，預備爲嚴先生重建祠宇了；但問問自桐廬來的朋友，却大家都說，嚴先生祠宇的傾頽，釣臺山路的蕪窄，還是同從前一樣。祠宇的修不修，倒也沒有多大的問題，回頭把嚴先生的神像供入了紅牆鉄骨的洋樓，使燒香者多添些摩登的紅綠士女，倒也許不是嚴先生的本意。但那一條路，那一條停船上山去的路，我想總還得略爲開闢一下纔好；雖不必使著高跟鞋者，亦得拾級而登，不過至少至少總也該使謝皐羽的淚眼，也辨得出路徑來。這是當我沒有重到桐廬去之先的個人的願望，大約在三年以前去過一次釣臺的人，總都是這麽在那裏想的無疑。

大熱的暑期過後，浙江內地的旱苗雖則依舊不能夠復活，但神經衰弱，長年像在患肺病似的我們這些小都會的寄生蟲，一交秋節，居然也恢復了些元氣，如得了再生的中暑病者。秋潮看了，滿家衖的桂花盛時也過了，無風無雨，連晴直到了重陽。秋高蟹壯，氣候雖略嫌不定，但出去旅行，倒也還合適，正在打算背起包裹雨傘上那裏去走走，恰巧來了一位一年多不見的老友，於是乎就定下了半月間閑遊過去的計劃。

頭兩天，不消說是在湖上消磨了的，尤其是以從雲棲穿竹徑上五雲山，過郎當嶺而出靈隱的那一天內容最爲充實。若要在杭州附近，而看些重嵐疊嶂，想像想像浙西的山水者，這一條路不可不走。現成的證據，我就可以舉出這位老友來。他的交遊滿天下，歐美日本，歷國四十餘，身產在白山黑水間，中國本部，十八省經過十三四，五嶽匡廬，或登或望，早收在胸臆之中；可是一上了這一條路，朝西看看夕照下的羣山，朝南朝東看看明鏡似的大江與西湖，也忘記了疲倦，忘記了世界，唱出了一句『誰說杭州沒有山！』的打油腔。

好書不厭百回讀，好山好水，自然是難得仔細看的。在五雲山上，初嘗了一點點富春江的散文味的這位老友，更定了再溯上去，去尋出黄子久的粉本來的雄圖。

天氣依然還是晴着，脚力亦尚可以對付，汽車也居然借到了，十月二十的早晨九點多鐘，我們就從萬松嶺下駛過，經梵村，歷轉塘，從兩岸的青山街裏飛馳而到了富陽縣的西門。富陽本來是我的故里，一縣的山光水色早在我的許多短篇裏描寫過了；我自然並不覺得怎麽，可是我的那位老友，飯後上了我們的那間松筠別墅的廳房，開窗南望，竟對了定山，對了江帆，對了溶化在陽光裏的遠山簇簇，發了十五六分鐘的呆。

從杭州到富陽，四十二公里，以舊制的驛里來計算，約一九內外；汽車走走，一個鐘頭就可以到，一頓飯倒費去了我們百餘分鐘，我問老友，黃子久看到了這一塊中段，也已經夠了罷？他說：『也還夠，也還不夠。』我的意思，是好花看到半開時，預備勸他回杭州去了，但我們的那位年輕氣銳的汽車夫，却屈着指頭算給我們聽說：『此去再行百里，兩點半可到桐廬，在桐廬玩一個鐘頭，三點半開車，直駛杭州，六點準可以到。』本來是同野鶴一樣的我們，多看點山水，當然也不會得患食喪之病；汽車只教能行，自然是去的，去的，去去也有何妨。

一出富陽，向西偏南，六十里地的旱程中間，山色又不同了。峰嶺並不成重，而包圍在汽車四周的一帶，却呈露着千層萬層的波浪。小小的新登縣，本名新城，烟戶不滿千家，城牆像是土堡，而縣城外的小山小山上的小塔，却來得特別的多，一條松溪本來也是很小的，但在這小人國似的山川城廓之中流過，看起來倒覺得很大了。像這樣的一個小縣裏，居然也出了許遠，出了杜建徽，出了羅隱那麼的大人物，可見得山水人物，是不能以比例來算的。文弱的浙西出個把羅隱，倒也算不得什麼，但那堂堂的兩位武將，自唐歷宋以至吳越，僅隔百年，居然出了這兩位武將，可眞有點兒厲害。

車過新登，沿疊江的一段，風景又變了一變；因路線折向了南，錢塘江隔岸的靑山，萬笏朝天，漸漸露起頭角來了。疊江就是江上常有二氣，因杜建徽羅隱生而不見的傳說的產地；隔岸的高山，就是孫伯符的祖墓所在，地屬富陽浦江交界處的天子崗頭。

從此經峴口，過窄溪，沿桐溪大江，曲折迴旋，凡二三十里，直到桐君山的脚下。三面是山，一面是水，風景的淸幽，林木的茂盛，石岩的奇妙，自然要比仙霞關，山陽坑更增數倍；不過曲折不如雄大稍遜，這一點或者不好向由公路到過安徽到過福建的人誇一句大口。

桐君山上的清景，我已於三四年前來過之後速寫過一篇『釣臺的春晝』；由愛山愛水的人看來，或者對此眞山眞水會百看也不至生厭惡之情，但由我這枝破筆寫來，怕重寫不上兩句，就要使人討厭了，因爲我决沒有這樣的本領，這樣的富於變化而生動的筆力。不過有一件事，却得聲明，前次是月夜來看，這次是夕陽下來看的；我想風雨的中宵，或晴明的早午，來登此處，總也有一番異景，與前次這次我所看見的，完全不同。

桐君山下，桐溪與富春江合流之處，是渡頭了。汽車渡江，更向西南直上，可以抄過富春山的背後，從西面而登釣臺。我這次雖則不曾渡江，但在桐君山的殿閣的窗裏，向西望去，只看見有一線的黃蛇，曲折繚繞在夕陽山翠之中；有了這條公路，釣臺前面的那個泊船之處以及上山的道路，自然是可以不必修了，因爲從富春山後面攀登上去，据高臨下，遠望望釣臺，遠望望釣臺上下的山峽清溪，這飛鷹的下瞰，可以使嚴陵來得更加幽美，更加卓越。這一天晚上六點多鐘車回到杭州的時候，我還在癡想，想幾時去弄一筆整款來，把我的全家，我的破書和酒壺等都搬上這桐廬縣的東西鄉，或是桐君山，或是釣臺山的附近去。

一九三四年十一月二十二日雁宕之前夜

過富春江

前兩天增嘏和他的妹妹，以及英國軍官晏子少校（Major Edward Ainger）來杭州，我們於醉談遊步之餘，還定下了一個上富春江去的計劃。

這一位少校，實在有趣；在東方駐紮得久了，他非但生活習慣，都染了中國風，連他的容貌態度，也十足帶着了中國氣，他的身材本不十分高大，但背脊傴僂，同我們中國的中年人比較起來，向背後望去，簡直是辨不出誰黃誰白；一般軍人所特有的那一種挺胸突肚，傲岸的氣象，在他身上，是絲毫也不具的。他的兩脚又像日本人似地向外弓曲，立起正來，中間會露出一條小縫，這當然因爲他是騎兵，在馬背上過日子過得多的緣故。

他雖則會開飛機，開汽車，划船，騎馬，但不會走路；所以他說，他不喜歡山，却喜歡水！在西湖裏盪了兩日舟，他問起近邊更還有什麼好的地方沒有，我們就決定了再陪他上富春江去的計劃；好在汽車是他自己會開，有半日的工夫，就可以往返的。

駛過六和塔下，走上江邊一帶波形的道上的時候，他果然喜歡極了，他說這地方有點像日本的瀨戶內海。江潮落了，江水綠得迷人；而那一天午後，又是淡雲微日的暮秋天，在太陽底下走起路來，還要出一點潮汗。過了梵村，馳上四面是小山，滿望是稻田的杭富交界的平原裏，景象又變了一變，他說只有美國東部的鄉村裏有這一種乾草黃時的和平村景，他倒又想起在美國時候的事情來了。

由富陽站裏，沿了新開的那條環城馬路，把車開到了鸛山脚下，一步登天，爬上春江第一樓頭眺望的時候，他纔吃了一驚，說這山水眞像是摩西的魔術。因爲車由凌家橋轉彎，跑在杭富道上，所見的只是些青山平谷，茅舍楓林；到得富陽，沿了那座弓也似的舒姑屛山脚，駛入站裏，也只能看到些錯落的人家，與一排人家南岸的高山；就是到了東城脚下，在很狹的新築馬路上走下車來的一刻，沒有到過富陽的人，也決不會想到登山幾步，就可以看見這一幅山重水複的黃子久的畫圖的。

我們在山頭那株樟樹下的石欄上坐了好久，增嘏幷且還指着山下的一塊漢高士嚴子陵先生垂釣處的石碑，將范文正公的祠堂記，以及上面七里瀧邊東台西台的故事，譯給了這一位少校聽。他聽到了謝臯羽的西台慟哭的一幕，却興奮起來了，說：『爲什麽不拿這個故事來做一本戲劇？像雪勒的威廉退兒一樣，這地方倒也很可以起一座謝氏的祠堂。』

囘來的時候，天色已經晚了；他一面開着車，眼睛呆呆看着遠處，一邊却幽幽的告訴我和增嘏說：『我若要選擇第二個國籍的話，那我情願來做個中國人。』

車過分境嶺後，他跳下車來去看了一番建築在近邊山上的碉堡；我留在車裏，陪伴着一位小姐，一位太太，從車窗裏看見了他的那個向前微俯的背影，以及兩脚蹣跚在斜陽衰草的山道上的緩步，我却突然間想起了一篇哈代的短篇，題名叫作『憂鬱的騎兵』的小說。聯想一活動，并且又想起剛纔在鸛山上所談的那一段話來了，皺鼻一哼，就哼出了這樣的二十八字：

三分天下二分亡，四海何人弔國殤，

偶向西台台畔過，苔痕猶似淚淋浪。

雙十節近在目前，我想將這幾句狗屁詩來應景，把牠常作國慶日的哀詞，倒也使得。

二十四年十月九日

杭州

杭州的出名，一大半是爲了西湖。而人工的建設，都會的形成，初則是由於唐末五代，武肅王錢鏐（西曆十世紀初期）的割據東南，——「隋朝特剏立此郡城，僅三十六里九十步；後武肅錢王發民丁與十三寨軍卒增築羅城，週圍七十里許。……」（吳自牧夢粱錄卷七）——再則是由於南宋建炎三年（一一二九）高宗的臨安駐蹕奠定國都。至若唐白樂天與宋蘇東坡的築堤導水，原也有功於杭郡人民，可是僅僅一位醉酒吟詩攜妓的郡守的力量，無論如何也是不能和帝王匹敵的。

據說，杭州的杭字，是因「禹末年，巡會稽至此，舍航登陸，乃名杭，始見於文字。」（柴虎臣著杭州沿革大事考）因之，我們可以猜想，禹以前，杭州總還是一個澤國。而這一個四千餘年前的澤國，後來爲越爲吳，也爲吳越的戰場，爲東漢的浙江，爲三國吳的富春，爲晉的吳郡，爲隋唐的杭州，兩爲偏安國都，迭爲省治，現在並且成了東南五省交通的孔道，歌舞喧天，別莊滿地，簡直又要恢復南宋當時的首都舊觀了。

我的來住杭州，本不是想上西湖來尋夢，更不是想彎强弩來射潮；不過妻杭人也，雅擅杭音，父祖富春產也，歌哭於斯，葉落歸根，人窮返里，故鄉魚米較廉，借債亦易，——今年可不敢說，——屋租尤其便宜，鎩羽歸來，正好在此地偷安苟活，坐以待亡。搬來住後，歲月匆匆，一眨眼間，也已經住了一年有半了。朋友中間曉得我的杭州住址者，於春秋佳日，旅遊西湖之餘，往往肯命高軒來枉顧。我也因獨處窮鄉，孤寂得可憐，我朋自遠方來，自然喜歡和他們談談舊事，說說杭州。這麼一來，不幾何時，大家似乎已經把我看成了杭州的管鑰，山水的東家；中學生誌編者的特地寫信來要我寫點關於杭州的文章，大約原因總也在於此。

關於杭州一般的興廢沿革，有浙江通志，杭州府志，仁錢縣志諸大部的書在；關於杭州的掌故，湖山的史蹟等等，也早有了光緒年間錢塘丁申丁丙兩氏編刻的武林掌故叢編，西湖集覽，與新舊西湖志，湖山便覽，以及諸大書局大文豪的西湖遊記或西湖游覽指南諸書，可作參考；所以在這裏，對這些，我不想再來饒舌，以虛費紙面和讀者的光陰。第一，我覺得還值得一寫，而對於讀者，或者也不至於全然沒趣的，是杭州人的性格；所以，我打算先從「杭州人」講起。

第一個杭州人，究竟是那裏來的？這杭州人種的起原問題，怕同先有雞蛋呢還是先有雞一樣，就是叫達爾文從陰司裏復活轉來，也很不容易解決。好在這些並非是我們的主題，故而假定當杭州這一塊陸土出水不久，就有些野蠻的，好漁獵的人來住了，這些蠻人，我們就姑且當他們是杭州人的祖宗。吳越國人，一向是好戰，堅忍，刻苦，猜忌，而富於巧智的。自從用了美人計，征服了姑蘇以來，兵事上雖則占了勝利，但民俗上卻吃了大虧；嘗膽，堅忍，刻苦之風，漸漸地消滅了。倒是猜忌，使計諸官能，逐步發達了起來。其後經楚威王，秦始皇，漢高帝等的撻伐，杭州人就永遠處入了被征服者的地位，隸屬在北方人的袴下。三國紛紛，孫家父子崛起，國號曰吳，杭州人總算又吐了一口氣，這一口氣，隱忍過隋唐兩世，至錢武肅王而吐盡；不久南宋遷都，固有的杭州人的骨裏，混入了汴京都的人士的文弱血球，於是現在的杭州人的性格，就此決定了。

意志的薄弱，議論的紛紜，外强中乾，喜撑場面，小事機警，大事糊塗；以文雅自誇，以淸高自命，只解歡娛，不知振作等等，就是現在的杭州人的特性；這些，雖然是中國一般人的通病，但是看來看去，我總覺得以杭州人爲尤甚。所以由外鄉人說來，每以爲杭州人是最狡猾的人，狡猾得比上海灘上的滑頭還要厲害。但其實呢，杭州人只曉得占一點眼前的小利小名，暗中在吃大虧，可是不顧到的。等到大虧吃了，杭州人還要自以爲是，自命爲直，無以名之，名之曰「杭鐵頭」以自慰自欺。生性本是勤而且儉的杭州人，反以爲勤儉是倒霉的事情，是貧困的暴露，是與面子有關的，所以父母教子弟的第一個原則，就是教他們游惰過日，擺大少爺的架子。等空殼大少爺的架子學成，父母年老，財產蕩盡的時候，這些大少爺們在白天還要上西湖去逛逛，弄件把長衫來穿穿，餓著肚皮而高使着牙籤；到了晚上上黑暗的地方去跪著討飯，或者扒點東西，倒滿不在乎，因爲在黑暗裏人家看不見，與面子還是無關，而大少爺的架子却不可不擺。至於做匪做强盗呢，却不會，决不會，杭州人並不是沒有這個膽量，但殺頭的時候要反綁着手去游街示衆，與面子有關；最勇敢的杭州人，亦不過做做小竊而已。

唯其是如此，所以現在的杭州人，就永遠是保有着被征服的資格的人；風雅倒很風雅，淺薄的知識也未始沒有，小名小利，一着也不肯放鬆，最厲害的尤其是一張嘴巴。外來的征服者，征服了杭州人後，過不上三代，就也成了杭州人了，於是剃頭者人亦剃其頭，幾十年後，仍復要被新的征服者來征服。照例類推，一年一年的下去，現在殘存在杭州的固有杭州老百姓，計算起來，怕已經不上十個指頭了。

人家說這是因爲杭州的山水太秀麗了的緣故。西湖就像是一位「二八佳人體似酥」的狐狸精，所以杭州決出不出好子弟來。這話哩，當然也含有着幾分眞理。可是日本的山水，秀麗處遠在杭州之上；瑞士我不曉得，意大利的風景畫片我們總也時常看見的罷，何以外國人都可以不受着地理的限制，獨有杭州人會陷入這一個絕境去的呢？想來想去，我想總還是敎育的不好。杭州的家庭敎育，社會敎育，學校敎育，總非要澈底的改革一下不可。

其次是該講杭州的風俗了；歲時習俗，顯露在外表的年中行事，大致是與江南各省相通的；不過在杭州像婚喪喜慶等事，更加要鋪張一點而已。關於這一方面，同治年間有一位錢塘的范月橋氏，曾做過一册杭俗遺風，寫得比較詳細，不過現在的杭州風俗，細看起來，還是同南宋吳自牧在夢粱錄裏所說的差仿不多，因爲杭州人根本還是由那個時候傳下來，在那個時候改組過的人，都會文化的影響，實在眞大不過。

一年四季，杭州人所忙的，除了生死兩件大事之外，差不多全是爲了空的儀式：就是婚喪生死，一大半也重在儀式。喪事人家可以出錢去雇人來哭。喜事人家也有專門說好話的人雇在那裏藉討彩頭。祭天地，祀祖宗，拜鬼神等等，無非是爲了一個架子；甚至於四時的遊逛，都列在儀式之內，到了時候，若不去一定的地方走一遭，彷彿是犯了什麼大罪，生怕被人家看不起似的。所以明朝的高濂，做了一部四時幽賞錄，把杭州人在四季中所應做的閒事，詳細列敍了出來。現在我只教把這四時幽賞的簡目，略抄一下，大家就可以曉得吳自牧所說的「臨安風俗，四時奢侈，賞觀殆無虛日」的話的不錯了。

一.春時幽賞：孤山月下看梅花，八卦田看菜花，虎跑泉試新茶，西溪樓啖煨筍，保俶塔看曉山，蘇堤看桃花，等等。

二.夏時幽賞：蘇堤看新綠，三生石談月，飛來洞避暑，湖心亭採蓴，等等。

三.秋時幽賞：滿家衖賞桂花，勝果寺望月，水樂洞雨後聽泉，六和塔夜玩風潮，等等。

四.冬時幽賞：三茅山頂望江天雪霽，西溪道中玩雪，雪後鎮海樓觀晚炊，除夕登吳山看松盆，等等，

將杭州人的壞處，約略在上面說了之後，我卻終覺不得不對杭州的山水，再來一兩句簡單的批評。西湖的山水，若當盆景來看，好處也未始沒有，就是在物的比盆景稍大一點的地方。若要在西湖近處看山的話，那你非要上留下向西向南再走二三十里路不行。從餘杭的小和山走到了午潮山頂，你向四面一看，就有點可以看出浙西山脈的大勢來了。天晴的時候，西北你能夠看得見天目，南面腳下的橫流一線，東下海門，就是錢塘江的

出口，龕赭二山，小得來像天文鏡裏的遊星。若嫌時間太費，腳力不繼的話，那至少你也該坐車下江干，過范村，上五雲山頭去看看隔岸的越山，與錢塘江上游的不斷的峰巒。況且五雲山足，西下是雲棲，竹木清幽，地方實在還可以。從五雲山向北若沿郎當嶺而下天竺，在嶺脊你就可以看到西嶺下梅家塢的別有天地，與東嶺下西湖全面的鏡樣的湖光。

若要再近一點，來玩西湖，我覺得南山終勝於北山，鳳凰山勝果寺的荒涼遠大，比起靈隱葛嶺來，終覺回味要濃厚一點。

還有北面秦亭山法華山下的西溪一帶呢，如花塢秋雪庵，茭蘆庵等處，散疏雅逸之致，原是有的，可是不懂得南畫，不懂得王維韋應物的詩意的人，即使去看了也是毫無所得的。

離西湖十餘里，在拱宸橋的東首，地當杭州的東北，也有一簇山脈匯聚在那裏。俗稱「半山」的皋亭山，不過因近城市而最出名，講到景緻，則斷不及稍東的黃鶴峰，與偏北的超山。況且超山下的居民，以植菓木爲業，舊歷二月初，正月底邊的大明堂外（吳倉碩的墳旁）的梅花，眞是一個奇觀，俗稱「香雪海」的這個名字，覺得一點兒也不錯。

此外還有關於杭州的飲食起居的話，我不是做西湖旅行指南的人，在此地只好不說了。

二十三年三月

西溪的晴雨

西北風未起，蟹也不曾肥，我原曉得蘆花總還沒有白，前兩星期，源寧來看了西湖，說他倒覺得有點失望，因為湖光山色太整齊，太小巧，不夠味兒，他開來的一張節目上，原有西溪的一項；恰巧第二天又下了微雨，秋原和我就主張微雨裏下西溪，好教源寧去嘗一嘗這西湖近旁的野趣。

天色是陰陰漠漠的一層，濕風吹來，有點兒冷，也有點兒香，香的是野草花的氣息，車過方井旁邊，自然又下車來，去看了一下那座天主聖教修士們的古墓。從墓門望進去，只是黑沉沉，冷冰冰的一個大洞，什麼也看不見，鼻子裏却聞吸到了一種霉灰的陰氣。

把鼻子掀了兩掀，聳了一聳肩膀，大家都說，可惜忘記帶了電筒，但在下意識裏，自然也有一種恐怖，不安和畏縮的心意，在那裏作惡，直到了花塢的溪旁，走進窗明几淨的靜蓮庵（？）堂去坐下，喝了兩碗清茶，這一些鬼胎，方才洗滌了個空空脫脫。

遊西溪，本來是以松木場下船，帶了酒盒行廚，慢慢兒地向西搖去爲正宗。像我們那麼高坐了汽車，飛鳴而過古蕩，東嶽，一個鐘頭要走百來里路的旅客，終於是難度的俗物，但是俗物也有俗益，你若坐在汽車座裏引頸而向西向北一望，直到湖州，只見一派空明，遙蓋在淡綠成陰的斜平海上；這中間不見水，不見山，當然也不見人，只是渺渺茫茫，青青綠綠，遠無岸，近亦無田園村落的一個大斜坡，過秦亭山後，一直到留下爲止的那一條沿山大道上的景色，好處就在這裏，尤其是當微雨朦朧，江南草長的春或秋的半中間。

從留下下船，迴環曲折，一路向西向北，只在蘆花淺水裏打圈圈，圓橋茅舍，桑樹蓼花，是本地的風光，還不足道；最古怪的，是剩在背後的一帶湖上的青山，不知不覺，忽而又會得移上你的面前來，和你點一點頭，又匆匆的別了。

搖船的少女，也總好算是西溪的一景；一個站在船尾把搖櫓，一個坐在船頭上使槳，身體一伸一俯，一往一來，和櫓聲的咿呀，水波的起落，湊合成一大又圓又曲的進行軟調；遊人到此，自然會想起瘦西湖邊，竹西歌吹的閑情，而源寧昨天在漪園月下老人祠裏求得的那枝靈籤，彷彿是完全的應了，籤詩的語文，是鄘風桑中章末後的三句，叫作『期我乎桑中，要我乎上宮，送我乎淇之上矣。』

此後便到了交蘆庵，上了彈指樓，因爲是在雨裏帶水拖泥，終於也感不到什麼的大趣，但這一天向晚回來，在湖濱酒樓上放談之下，源寧却一本正經地說：『今天的西溪，却比昨日的西湖要好三倍。』

前天星期假日，日暖風和，并且在報上也曾看到了蘆花怒放的消息；午後日斜，老龍夫婦，又來約去西溪，去的時候，太晚了一點，所以只在秋雪菴的彈指樓上，消磨了半日之半。一片斜陽，反照在蘆花淺渚的高頭，花也並未怒放，樹葉也不曾凋落，原不見秋，更不見雪，只是一味的晴明浩蕩，飄飄然，渾渾然，洞貫了我們的腸腑，老僧無相，燒了麵，泡了茶，更送來了酒，末後還拿出了紙和墨，我們看看日影下的北高峰，看看菴旁邊的蘆花蕩，就問無相，花要幾時，才能全白？老僧操着緩慢的楚國口音，微笑着說：『總要到陰歷十月的中間；若有月亮，更爲出色。』說後，還提出了一個交換的條件，要我們到那時候，再去一玩，他當預備些精饌相待，聊當作潤筆，可是今天的字，却非寫不可，老龍寫了『一劍橫飛破六合，萬家憔悴哭三吳』的十四個字，我也附和着抄了一副不知在那裏見過的聯語：『春夢有時來枕畔，夕陽依舊上簾鈎。』

喝得酒醉醺醺，走下樓來，小河裏起了晚煙，船中間滿載了黑暗，龍婦又逸興遄飛，不知上那裏去摸出了一枝洞簫來吹着。『其聲嗚嗚然，如怨如慕，如泣如訴，餘音嫋嫋，不絕如縷，』倒眞有點像是七月既望，和東坡在赤壁的夜遊。

一九三五年十月二十二日

花塢

『花塢』這一個名字，大約是到過杭州，或在杭州住上幾年的人，沒有一個不曉得的；尤其是遊西溪的人，平常總要一到花塢。二三十年前，汽車不通，公路未築，要去遊一次，眞不容易；所以明明知道這花塢的幽深清絕，但脚力不健，非好遊如好色的詩人，不大會去。現在可不同了，從湖濱向北向西的坐汽車去，不消半個鐘頭，就能到花塢口外。而花塢的住民，每到了春秋佳日的放假日期，也會成羣結隊，在花塢口的那座涼亭裏鵠候，預備來做一個臨時導遊的脚色，好輕輕快快地賺取遊客的兩毛小洋；現在的花塢，可眞成了第二雲棲，或第三九溪十八澗了。

花塢的好處，是在牠的三面環山，一谷直下的地理位置，石人塢不及牠的深，龍歸塢沒有牠的秀。而竹木蕭疏，清溪蜿繞，庵堂錯落，尼媼翩翩，更是花塢獨有的迷人風韻。將人來比花塢，就像潯陽商婦，老抱琵琶；將花來比花塢，更像碧桃開謝，未死春心；將菜來比花塢，只好說冬菇燒豆腐，湯清而味雋了。

我的第一次去花塢，是在松木場放馬山背後養病的時候，記得是一天日和風定的清秋的下午，坐了黃包車，過古蕩，過東嶽，看了伴鳳居，訪過風木庵（是錢唐丁氏的別業）感到了口渴，就問車夫，這附近可有清靜的乞茶之處？他就把我拉到了花塢的中間。

伴鳳居雖則結構堂皇，可是裏面却也坍敗得可以；至於楊家牌樓附近的風木庵哩，丁氏的手蹟尚新，茅菴的木架也在，但不曉怎麽，一走進去，就感到了一種撲人的霉灰冷氣。當時大廳上停在那裏的兩口丁氏的棺材，想是這一種冷氣的發源之處，但泥墻傾圮，蛛網繞梁，與壁上掛在那裏的字畫屏條一對比，極自然地令人生出了『俯仰之間，已成陳跡』的感想。因爲剛剛在看了這兩處衰落的別墅之後，所以一到花塢，就覺得清新安逸，像世外桃源的樣子了。

自北高峰後，向北直下的這一條塢裏，沒有洋樓，也沒有偉大的建築，而從竹葉雜樹中間透露出來的屋檐半角，女墻一圍，看將過去却又顯得異常的整潔，異常的清麗。英文字典裏有 Cottage 的這一個名字；而形容這些茅屋田莊的安閒小潔的字眼，又有着許多像 Tiny, Dainty, Snug 的絕妙佳詞，我雖則還沒有到過英國的鄉間，但到了花塢，看了這些小庵却不能自已地便想起了這種只在小說裏讀過的英文字母。我手指着那些在林間散點着的小小的茅庵，回頭來就問車夫：『我們可能進去？』車夫說：『自然是可以的。』於是就在一曲溪旁走上了山路高一段的地方，到了靜掩在那裏的，雙黑板的牆門之外。

車夫使勁敲了幾下，庵裏的木魚聲停了，接着門裏頭就有一位女人的聲音，問外面誰在敲門。車夫說明了來意，鐵門閂一響，半邊的門開了，出來迎接我們的，却是一位白髮盈頭，縐紋很少的老婆婆。

庵裏面的潔淨，一間一間小房間的佈置的清華，以及庭前屋後樹木的參差掩映，和廳上佛座下經卷的縱橫，你若看了之後，仍不起皈依棄世之心的，我敢斷定你就是沒有感覺的木石。

那位帶髮修行的老比丘尼去爲我們燒茶煮水的中間，我遠遠聽見了幾聲從谷底傳來的鵲噪的聲音；大約天時向暮鳥鵲來歸巢了，谷裏的靜，反因這幾聲的急噪，而加深了一層。

我們靜坐着，喝乾了兩壺極清極釅的茶後，該回去了，遲疑了一會，我就拿出了一張紙幣，當作茶錢，那一位老比丘尼却笑起來了，並且婉慢地說：

『先生！這可以不必；我們是清修的庵，茶水是不用錢買的。』

推讓了半天，牠不得已就將這一元紙幣交給了車夫，說：『這給你做個外快罷！』

這老尼的風度，和這一次逛花塢的情趣，我在十餘年後的現在，還在津津地感到回味。所以前一禮拜的星期日，和新來杭州住的幾位朋友遇見之後，他們問我『上那裏去玩？』我就立時提出了花塢，他們是有一乘自備汽車的，經松木場，過古蕩東嶽而去花塢，只須二十分鐘，就可以到。

十餘年來的變革，在花塢裏也留下了痕跡。竹木的清幽，山溪的靜妙，雖則還同太古時一樣，但房屋加多了，地價當然也增高了幾百倍；而最令人感到不快的，却是這花塢的住民的變作了狡猾的商人。庵裏的尼媪，和退院的老僧，也不像從前的恬淡了，建築物和器具之類，並且處處還受着了歐洲的下劣趣味的惡化。

同去的幾位，因爲沒有見到十餘年前花塢的處女時期，所以仍舊感覺得非常滿意；以爲九溪十八澗，雲棲決沒有這樣的清幽深邃；但在我的內心，却想起了一位素樸天眞，沉靜幽嫻的少女，忽被有錢有勢的人姦了以後又被棄的狀態。

一九三五年三月二十四日

皋亭山

皋亭山俗稱半山，以『半山娘娘廟』出名。地在杭城東北角，與城市相去大約有十五六里路之遙。上半山進香或試春遊的人，可以從萬安橋頭下船，一直的遵水路向東北搖去。或從湖墅，拱宸橋以及城裏其他各埠下船去都行。若從陸路去，最好是坐火車到筧橋下車，向北走去，到半山只有七里；倘由拱宸橋走去，怕要走十多里路了，而路又曲折容易走錯。汽車路，不知通到了什麽地方，因爲航空學校在皋亭山下筧橋之南三五里，大約汽車路總一定是有的。

先說明了這一條路徑，其次要說我去遊皋亭的經驗了，這中間，還可以插敍些歷史上的傳說進去。

自前年搬到了杭州來住後，去年今年總算已經過了兩箇春天。我所最愛的季節，在江南是秋是冬，以及春初的一二箇月。以後天氣一熱，從春晚到夏末，我簡直是一個病夫；

晚上睡不着覺，日裏頭昏腦漲，不吃酒也像是個醉狂的人。去年春天，爲防止這一種蛀夏——其實也可以說是蛀春——病的襲來，老早我就在防衞，想把身體練得好些，可以敵得過濃春的壓迫，盛夏的熏蒸，故而到了春初，我就日日的遊山玩水，跑路爬高，書也不讀，文章也不寫。有一天正在打算找出一處不曾去過的地方來，去遊牠一天，消磨那一日長閑的春晝，恰巧有一位多年不見的詩人何君來了，他是住在臨平附近的人，對於那一邊的地理，是很熟悉的。我問說：『臨平山，超山，唐棲鎮，都已經去過了，東面還有更可以玩的地方沒有？』他垂頭想了一想，就說：『半山你到過沒有？』我說：『沒有！』於是就決定了一道去遊半山。

半山本名皋亭山，在清朝各詩人的集子裏，記遊皋亭看桃花的詩詞雜文很多很多；我們去的那一天，桃花雖還沒有開，但那一年春天來得較遲，梅花也許是還有的。皋亭雖不是出梅子的地方，可是野人籬落，一樹半枝的古梅，倒也許比梅林更爲有趣；何君從故鄉來，說遲梅還正在盛開，而這一天的天氣，也正適合於探梅野步。

我們去時，本打算上覓橋去下車，以後就走到皋亭山上廟裏去吃午餐的；但一到車站，聽說四等車已經開了，於是不得已只能坐火車到了拱宸橋。

在拱宸橋下車，遙望着皋亭的山色，向北向東，穿桑林，過小橋，一路的走去，那一種蕭疎的野景，實在也滿含着牧歌式的情趣。到了離皋亭山不遠，入沿堤一處村子裏的時候，梅花已經看了不少，說話也說盡了，兩三箇鐘頭，而肚裏也有點像貪狼似的餓了。

我們在堤上的一家茶館裏，烘着太陽，脫下衣服，先喝了兩大碗土燒酒，吃了十幾箇茶葉蛋，和一大包花生米豆腐干。村裏的人，看見我們食量的宏大，行動的奇特，在這早春的農閑期裏，居然也聚集攏了許多農工織女，來和我們攀談。中間有一位抱小孩子的二十二三的少婦，衣服穿得異常的整齊，相貌也生得非常之完滿，默默微笑着坐在我們一叢人的邊上，在聽我們談海天，說笑話，而時時還要加以一句兩句的羞縮的問語。何詩人得意之至，酒喝完後，詩興發了，即席就吟成了一首七言長句，後來就題上了「半山娘娘廟」的牆壁；他要我和，我只做成了一半，後一半却是在回來的走上做的，當然是出韻了，原詩已經記不出來，我現在先把我的和詩抄在下面：

春愁如水刀難斷，村釀偏醇醉易狂，笑指朱顏稱白也，亂抛靑眼到紅妝，上方鐘定夫人廟，東閣詩成水部郎，看遍野梅三百樹，臯亭山色暮蒼蒼。

因爲我們在茶館裏所談的，就是這一首詩裏的故實。

他們說：『半山娘娘最有靈感，看蠶的人家每年來這裏燒香的，從二月到四月，總有幾千幾萬。』

他們又說：『半山娘娘，是小康王封的。金人追小康王到了這山的半腰，小康王無處躱了，幸虧這娘娘一把沙泥，撒瞎了追來的金人的眼睛。』

又有一個老農夫訂正這一個傳說：『小康王逃入了半山的山洞，金人趕到了，幸虧娘娘把一隻細絲倒向了洞口，因而結成了蛛網。金人看見蛛網滿洞，曉得小康王決不躱在洞裏，所以又遠追了開去。』

凡此種種，以及香灰療病，娘娘託夢等最近的奇蹟，他們都說得活靈活現，我們彷彿是身到了西方的佛國。故而何詩人做了詩，而不是詩人的我也放出了那麽的一『臭』，其實呢，半山廟所祀的爲倪夫人；據說，金人來侵，村民避難入山；向晚大家回村去宿，獨倪夫人怕被姦汚，留居山上，夜間爲毒蛇咬死。人憫其貞，故立廟祀之。所謂撒沙，所謂倒絲筐，都是由這傳說裏滋生出來的枝節，而祠爲宋勅，神爲女神，却是實事。

我們飽吃了一頓，大笑了一場，就由這水邊的村店裏走出，沿堤又走了二三里路，就走上了臯亭脚下的一個有山門在的村子。這裏人家更多，小店裏的貨色也比較得完備。但村民的新年習慣，到了陰曆的二月還未除去，山門前的亭子裏，茶店裏，有許多人圍着在賭牌九。何詩人與我，也擠了進去，押了幾次，等四毛小洋輸完後，只好轉身入山門，上山去瞻仰半山娘娘的像了。

廟的確是在半山廟裏的，遍額，籤文，以及香燭之類，果然堆疊得很多。但正殿三間，已經傾頽灰黑了，若再不修理，怕將維持不下去。西面的廂房一排數間，是廚房，也是管廟管山的人的宿舍，後面更有一個觀音堂，却是新近修理粉刷過的。

因爲半山廟的前後左右，也沒有什麽好看，桃樹也並沒有看見，梅花更加少了；我們就由倪夫人廟西面的一條山路走上了山頂。登高而望遠，風景是總不會壞的，我們在皋亭山頂，自然也看見了杭州城裏的煙樹人家與錢塘江南岸的青山。

從山頂下來，時間已經不早了，何詩人將詩題上了西廂的粉壁後，兩人就跑也似的走到了寬橋。

一年的歲月，過去得很快；今年新春剛過，又是飼蠶的時節了，前幾天在萬安橋頭閑步，並且還看見了桅杆上張着黃旗的萬安集半山超山進香的香船，因而便想起了去年的遊蹟，因而又發出了一『臭』：

半堤桃柳半堤烟，急景清明穀雨前，相約皋亭山下去，沿河好看進香船。

一九三五年三月廿七日

超山的梅花

凡到杭州來遊的人，因爲交通的便利，和時間的經濟的關係，總只在西湖一帶，登山望水，漫遊兩三日，便買些土產，如竹籃紙傘之類，匆匆回去；以爲雅興已盡，塵土已經滌去，杭州的山水佳處，都曾享受過了。所以古往今來，一般人只知道三竺六橋，九溪十八澗，或西湖十景，蘇小岳王；而離杭城三五十里稍東偏北的一帶山水，現在簡直是很少有人去玩，并且也不大有人題起的樣子。

在古代可不同；至少至少，在清朝的乾嘉道光，去今百餘年前，杭州人的好遊的，總沒有一個不留戀西溪，也沒有一個不披簑戴笠去看半山（卽皋亭山）的桃花，超山的香雪的。原因是因爲那時候杭州和外埠的交通，所取的路徑都是水道；從嘉興上海等處來往杭州，運河是必經之路。舟入塘棲，兩岸就看得到山影；到這裏，自杭州去他處的人，漸有離鄉去國之感，自外埠到杭州來的人，方看得到山明水秀的一個外廓；因而塘棲鎭，和超山，獨山等處，便成了一般旅遊之人對杭州的記憶的中心。

超山是在塘棲鎮南，舊日仁和縣（現在併入杭縣了）東北六十里的永和鄉的，據說高有五十餘丈，周二十里（咸淳臨安志作三十七丈），因其山超然出於皋亭黃鶴之外，故名。

從前去遊超山，是要從湖墅或拱宸橋下船，向東向北向西向南，曲折迴環，衝破菱荇水藻而去的；現在汽車路已經開通，自清泰門向東直駛至喬司站落北，更向西，抄過臨平鎮，由臨平山西北，再駛十餘里，就可以到了；『小紅唱曲我吹簫』的船行雅處，現在雖則要被汽車的機器油破壞得絲縷無餘，但坐船和坐汽車的時間的比例，却有五與一的大差。

汽車走過的臨平鎮，是以釋道潛的一首『風蒲獵獵弄輕柔，欲立蜻蜓不自由，五月臨平山下路，藕花無數滿汀州』的絕句出名；而超山北面的塘棲鎮，又以南宋的隱士，明末清初的田園別墅出名；介於塘棲與超山之間的丁山湖，更以水光山色，魚蝦果木出名；也無怪乎從前的文人騷客，都要向杭州的東面跑，而超山皋亭山的名字，每散見於諸名士的歌詠裏了。

超山脚下，塘棲附近的居民，因爲住近水鄉，阡陌不廣之故，所靠以謀生的完全是果木的栽培。自春歷夏，以及秋冬，梅子，櫻桃，枇杷杏子，甘蔗之類的出產，一年總有百萬元內外。所以超山一帶的梅林，成千成萬；由我們過路的外鄉人看來，只以爲是鄉民趣味的高尚，箇箇都在學林和靖的終身不娶，殊不知實際上他們却是正在靠此而養活妻孥的哩？

超山的梅花，向來是開在立春前後的；梅幹極粗極大，枝叉離披四散，五步一叢，十步一坂，每個梅林，總有千株內外，一株的花朵又有萬顆左右；故而開的時候，香氣遠傳到十里之外的臨平山麓，登高而遠望下來，自然自成一個雪海；近年來雖說梅株減少了一點，但我想比到羅浮的仙境，總也只有過之，不會不及。

從杭州到超山去的汽車路上，過臨平山後，兩旁已經有一處一處的梅林在迎送了，而匯聚得最多，遊人所必到的看梅勝地，大抵總在汽車站西南，超山東北麓，報慈寺大明堂（亦稱大明寺）前頭，梅花叢裏有一個周夢坡築的宋梅亭在那裏的周圍五六里地的一圈地方。

報慈寺裏的大殿，（大約就是大明堂了罷？）前幾年被寺的仇人燬壞了，當時還燒死了一位當家和尙在殿東一塊石碑之下。但殿後的一塊刻有吳道子畫的大士像的石碑，還好好地鑲在壁裏絲毫也沒有動。去年我去的時候，寺僧剛在募化重修大殿；殿外面的東頭，並且已經蓋好了三間廂房在作客室。後面高一段的三間後殿，火燒時也不曾燒去，和尙手指着立在殿後壁裏的那一塊石刻大士像碑說，『這都是這位大慈大悲救苦救難廣大靈感觀世音菩薩的福佑！』

在何春渚刪成的塘棲志略裏，說大明寺前有一口井，井水甘冽！旁樹石碣，刻有「一人堂堂，二曜重光，泉深尺一，點去冰旁，二人相連，不欠一邊，三梁四柱烈火然，添却雙鈎兩日全」之碑銘，不識何意等語。但我去大明堂（寺）的時候，却既不見井，也不見碑；而這條碑銘，我從前是曾在一部筆記叫作『桂苑叢談』的書裏看到過一次的。這書記載着：『令狐相公出鎭淮海日，支使班蒙與從事諸人俱遊大明寺之西廊，忽睹前壁題有此銘，諸賓皆莫能辨，獨班支使曰：「得非大明寺水，天下無比八字乎？」衆皆恍然。』從此看來，塘棲志略裏所說的大明寺井碑，應是抄來的文章，而編者所謂不識何意者，還是他在故弄玄虛。當然，寺在山麓，地又近水，寺前寺後，井是當然有一口的；井裏的泉，也當然是清洌的；不過此碑此銘，却總有點兒可疑。

大明寺前的所謂宋梅，是一顆曲屈蒼老，根脚邊只剩了兩條樹皮圍拱，中間空心，上面枝幹四叉的梅樹。因爲怕有人折，樹外面全部，是用一鐵絲網罩住的。樹當然是一株老樹，起碼也要比我的年紀大一兩倍，但究竟是不是宋梅，我却不敢斷定。去年秋天，曾在天台山國淸寺的伽藍殿前，看過一株所謂隋梅；前年冬天，也曾在臨平山下安隱寺裏看過一株所謂唐梅：但所謂隋，所謂唐，所謂宋等等，我想也不過『所謂』見而已，究竟如何，還得去問問植物考古的專家纔行。

出大明堂，從梅花林裏穿過，西面從吳昌碩的墳旁一條石砌路上攀登上去，是上超山頂去的大路了。一路上有許多同夢也似的疏林，一株兩株如被遺忘了似的紅白梅花，不少的墳園，在招你上山，到了半山的竹林邊的眞武殿（俗稱中聖殿）外，超山之所以爲超，就有點感覺得到了；從這裏向東西北的三面望去，是汪洋的湖水，曲折的河身，無數的果樹，不斷的低崗，還有塘的兩面的點點的人家；這便算是塘棲一帶的水鄉全景的鳥瞰。

從中聖殿再沿石級上去，走過黑龍潭，更走二里，就可以到山頂，第一要使你駭一跳的，是沒有到上聖殿之先的那一座天然石築的天門。到了這裏，你纔曉得超山的奇特，纔曉得志上所說的『山有石魚石筍等，他石多異形，如人獸狀。』諸記載的不虛。實實在在，超山的好處，是在山頭一堆石，山下萬梅花，至若東瞻大海，南眺錢江，田疇如井，河道如腸，桑麻遍地，雲樹連天等形容詞，則凡在杭州東面的高處，如臨平山黃鶴峰上都用得着的，並非是超山獨一無二的絕景。

你若到了超山之後，則北去超山七里地外的唐棲鎭上，不可不去一到。在那些河流裏坐坐船，果樹下跑跑路，趣味實在是好不過。兩岸人家，中夾一水；走過丁山湖時，向西面看看獨山，向東首看看馬鞍龜背，想像想像南宋垂亡，福王在莊（至今其地還叫作福王莊）上所過的醉生夢死脂香粉膩的生涯，以及明清之際，諸大老的園亭別墅，臺榭樓堂，或康熙乾隆等數度的臨幸，包管你會起一種像讀蕪城賦似的感慨。

又說到了南宋，關於塘棲，還有好幾宗故事，值得一提。第一，卓氏家乘唐棲考裏說：『唐棲者，唐隱士所棲也。隱士名珏，字玉潛，宋末會稽人。少孤，以明經教授鄉里子弟而養其母。至元戊寅，浮圖總統楊連眞伽，利宋攢宮金玉，故爲妖言惑主聽，發掘之。珏懷憤，乃貨家具，召諸惡少，收他骨易遺骸，瘞蘭亭山後，而樹冬青樹識焉。珏後隱居唐棲，人義之，遂名其地爲唐棲。』這鎭名的來歷說，原是人各不同的，但這也豈不是一件極有趣的故實麼？還有塘西西龍河圩，相傳有宋宮人墓；昔有士子，秋夜憑欄對月，忽聞有環珮之聲，不寐聽之，歌一絕云：『淡淡春山抹未濃，偶然還記舊行蹤，自從一入朱門去，便隔人間幾萬重。』聞之酸鼻。』這當然也是一篇絕哀豔的鬼國文章。

塘西鎭跨在一條水的兩岸，水南屬杭州，水北屬德清；商市的繁盛，酒家的衆多，雖說只是一個小小的鎭集，但比起有些縣城來，怕還要鬧熱幾分。所以遊過超山，不願在山上吃冷豆腐黄米飯的人，儘可以上塘棲鎭上去痛飲大嚼；從山脚下走回汽車路去坐汽車上塘棲，原也很便，但這一段路，總以走走路坐坐船更爲合式。

一九三五，一月九日

臨平登山記

曾坐滬杭甬的通車去過杭州的人，想來誰也看到過臨平山的一道青嶂。車到了峽石，平地裏就有起幾堆小石山來了，然而近者太近，遠者太小，不大會令人想起特異的關於山的概念。一到臨平，向北窗看到了這眠牛般的一排山影，纔彷彿是叫人預備着到杭州去看山看水似地，心裏會突然的起一種變動；覺得杭州是不遠了，四周的環境，確與滬寧路的南段，滬杭甬路的東段，一望平原，河流草舍很多的單調的景色不同了。這臨平山的頂上，我一直到今年，纔去攀涉，回想起來，倒也有一點淺淡的佳趣。

臨平不過是杭州——大約是往日的仁和縣管的罷？——的一個小鎮，介在杭州海寧二縣之間，自杭州東去，至多也不到六七十里地的路程。境內河流西繞，可以去湖州，可以去禾郡，也可以去松江上海，直到天邊。因之沿河的兩岸（是東西的）文河的官道（是南北的）之旁，就自然而然地成了一個部落。居民總有八九百家，柳葉菱塘，桑田魚市，麻布袋，豆腐皮，醬鴨肥鷄，繭行藕店，算將起來，一年四季，農產商品，倒也不少。在一條丁字路的轉灣角前，並且還有一家青帘搖漾的杏花村——是酒家的雅號，本名彷彿是聚賢樓。——鄉民樸素，禁令森嚴，所以妓館當然是沒有的，旅館也不曾看到，但暗娼有無，在這一個民不聊生民又不敢死的年頭，我可不能夠保。

我們去的那天，是從杭州坐了十點左右的一班慢車去的，一則因爲左近的三位朋友，那一日正値着假期；二則因爲有幾位同鄉，在那裏處理鄉村的行政，這幾位同鄉聽說我近來侘傺無聊，篇文不寫，所以請那三位住在我左近的朋友約我同去臨平玩玩，或者可以散散心，或者也可以壯壯膽，不要以爲中國的農村完全是破產了，中國人除幾個活大家死之外別無出路了。等因奉此，到了臨平，更在那家聚賢樓上，背晒着太陽喝了兩斤老酒，興致果然起來了，把袍子一脫，我們就很勇猛地說：『去，去爬山去！』

緩步西行（出鎭往西），靠左手走過一個橋洞，在一條長蛇似的大道之旁，遠遠就看得見一座銀匠店頭的招牌那麼的塔，和許多名目也不大曉得的疏疏落落的樹。地理大約總可以不再過細細地報告了罷，北面就是那支臨平山，南面豈不又是一條小河麼？我們的所以不從臨平山的東首上山，而必定要走出鎮市——臨平市是在山的東麓的，——走到臨平山的西麓去者，原因是爲了安隱寺裏的一顆梅樹。

安隱寺，據說在唐宣宗時，名永興院，吳越時名安平院，至宋治平二年，始賜今名。因爲明末清初的那位西泠十子中的臨平人沈去矜謙，好閑多事，做了一部臨平記，所以後來的臨平人也做出了不少的文章，其中最好的一篇便是安隱寺裏的那顆所謂「唐梅」的梅樹。

安隱寺，在臨平山的西麓，寺外面有一口四方的小井，井欄上刻着「安平泉」的三個不大不小的字。諸君若要一識這安平泉的偉大過去，和沿臨平山一帶的許多寺院的興廢，以及鼎湖的何以得名，孫皓的怎麼亡國（我所說的是天璽改元的那一回事情）等瑣事的，請去翻一翻沈去矜的臨平記，張大昌的臨平記補遺，或田汝成的西湖志餘等就得，我在這裏，祇能老實地說，那天我們所看到的安隱寺，實在是坍敗得可以，寺裏面的那一顆出名的「唐梅」，樹身原也不小，但我卻怎麼也不想承認牠是一千幾百年前頭的刁鑽古怪鬼靈精。你且想想看，南宋亡國，伯顏丞相，豈不是由臨平而入駐皋亭的麼？那些羊羶氣滿身滿面的元朝韃子，那裏肯爲中國人保留着這一株枯樹？此後還有清朝，還有洪楊的打來打去，廟之不存，樹將焉附，這唐梅若果是眞，那牠可眞是不怕水火不怕刀兵的活寶貝了，我們中國還要造什麼飛機高射礮呢？同外國人打起仗來，豈不祇教擎着這一顆梅樹出去就對？

在冷氣逼人的安隱寺客廳上吃了一碗茶，向四壁掛在那裏的霉爛的字畫致了一致敬，付了我們四角小洋的茶錢之後，我們就從不知何時被毀去的西面正殿基的門外，走上了山。沿山脚的一帶，太陽光裏，有許多工人，祇穿了一件小衫，在那裏劈柴砍樹。我看得有點氣起來了，所以就停住了脚，問他們：『這些樹木，是誰教你們來砍的？』除了這些山的主人之外還有誰呢？』這回話倒也眞不錯，我呆張着目，看看地上縱橫睡着的拳頭樣粗的松杉樹幹，想想每年植樹節日的各機關和要人等貼出來的紅綠的標語傳單，唉嚨頭好像銜起來了一塊麵包。呆立了一會，看看同來的幾位同伴，已經上山去得遠了，就祇好屁也不放一個，旋轉身子，狠狠地踏上了山腰，彷彿是山上的泥沙碎石，得罪了我的樣子。

這一口看了工人砍樹伐山而得的氣悶，直到爬上山頂快的時候，纔茲吐出。臨平山雖則不高，但走走究立也有點吃力，喘氣喘得多了，肚子裏自然會感到一種清空，更何況在山頂上坐下的一瞬間，遠遠地又看得出錢塘江一線的空明繚繞，越山隔岸的無數青峯，以及脚下頭臨平一帶的煙樹人家來了呢！至於在滬杭甬路軌上跑的那幾輛同小孩子的玩具似的客車，與夫車頭上在亂吐的一圈一卷的白煙，那不過是將死風景點一點活的手筆，像麥克白夫婦當行兇的當兒，忽聽到了醉漢的叩門聲一樣，有了原是更好，即使沒有，也不會使人感到缺恨的。

從臨平山頂上看下來的風景，的確還有點兒可取。從前我曾經到過蘭溪，從蘭溪市上，隔江西眺橫山，每感到這座小小的蘭陰山眞太平淡，眞是造物的浪費，但第二日身入了此山，到山頂去向南向東向西向北的一看，反覺得遊蘭溪者這橫山決不可不到了。臨平山的風景，就同這山有點相像；你遠看過去，覺得臨平山不過是一支光禿的小山而已，另外也沒有什麼奇特，但到山頂去俯瞰下來，則又覺得杭城的東面，幸虧有了牠纔可以說是完滿。我說這話，並不是因受了臨平人的賄賂，也不是想奪風水先生——所謂堪輿家也——們的生意，實在是杭州的東面太空曠了，有了臨平山，有了皋亭，黃鶴一帶的山，纔補了一補缺。這是從風景上來說的話，與什麼臨平湖塞則天下治，湖開則天下亂等倒果爲因的妄揣臆說，卻不一樣。

臨平山頂，自西徂東，曲折高低的山脊線，若把牠拉將直來，大約總也有里把路長的樣子。在這里把路的半腰偏東，從山下望去，有一團黃色的牆頭露出，像煞是巨象身上的一隻木斗似的地方，就是臨平人最愛誇說的龍洞的道觀了，這龍洞，臨平的鄉下人，誰也曉得，說是小康王曾在洞裏避過難。其實呢，這又是以訛傳訛的一篇鄉下文章而已。你猜怎麼着？這臨平山頂，半腰裏原是有一個大洞的。洞的石壁上貼地之處，有「翼拱之凌晨遊此，時康定元年四月八日」的兩行字刻在那裏。小康王也是一個康，康定元年也是一個康，兩康一混就混成了小康王的避難。大約因此也就成全了那個道觀，龍洞道觀的所以得至今廟貌重新，游人爭集者，想來小康王的功勞，一定要居其大半。可是沈謙的臨平記裏所說就不同了，現在我且抄一段在這裏，聊以當作這一篇臨平登山記的尾巴，因爲自龍山出來，天也差不多快晚了，我們也就跑下了山，趕上了車站，當日重復坐四等車回到了杭州的緣故：

仁宗皇帝康定元年夏四月，翼拱之來遊臨平山細礪洞。

謙曰：吾鄉有細礪洞，在臨平山巔，深十餘丈闊二丈五尺，高一丈五尺，多出礪石，本草所稱『礪石出臨平』者，卽其地也；至是者無不一遊，自宋至今，題名者數人而已，然多漶漫不可讀，而攀躋洗剔，得此一人，亦如空谷之足音，跫然而喜矣。

又曰：謙聞洞中題名舊矣，向未見。甲申四月八日，里人例有祈年之舉，謙同友人往探，因得見其眞蹟。字在洞中東北壁，惟翼字最大，下兩行分書之，微有丹漆，乃里人郭伯邑所潤色，今則剝落殆盡，其筆勢遒勁，如顏眞卿格，眞奇蹟也。洞西南，又鑿有「寶緘」二字，無年月可考，亦不解其義，意者，遊人有寶姓者邪？至於滿洞鑴刻佛像，或是楊髡靈鷲之餘波也。

（臨平記卷一·十九頁）

一九三四年三月

龍門山路

杭州近處一二十里路內外的風景，從前在路未築好，交通不便的時候，跑跑原也很費力，很可以滿足滿足一般生長在城市中的騷人雅士的好奇冒險之心；但現在可不同了，汽車一坐，一個鐘頭至少至少可以跑上六七十里（三十餘至四十公里）的路；像雲棲，像花塢，像九溪十八澗，像超山等處，從前非得前一日預備餱糧，詰朝而往，信宿始返的地方，現在祇消有三個鐘頭，就可以去逛，得往遊的人一多，遊者當然也不甚珍視了；所以最近，住在杭州的人，只想發現些一天可以來回，一半開化，一半還保存着原始面目，山水清幽，遊人較少，去去不甚容易，但也不十分艱難的地點，來滿足他們的好奇好勝的野心。故而富陽，桐廬，隔江的蕭山，紹興等處，在近兩年來，就成了杭州人上流階級的暇日遊賞之地。可是這只以有自備汽車，或在放假日中可以每人化五十塊錢的最上階級爲限，一般中下或中上級的遊人，能力還有點不及；因而小和山，龍門山，白龍潭，午朝山的一帶，就成了今年遊春期裏最時髦的一個目標。

小和山在留下鎭西南十餘里地的地方，山上有一座廟叫金蓮寺。這一帶，直至餘杭的閑林埠爲止，本是屬於西溪區域以內的。但因稍南有千丈巖，再西再南，又有一座臨江的定山，以及許多高低連疊的午潮山，白龍山之類，所以錢塘張道所編的一部定鄉小識（是武林掌故叢編裏的一種，共十六卷）裏，把這些山水都劃歸入了定鄉的範圍。所謂定鄉者，當然是以定山而命名，有定南，定北，安吉，長壽的四鄉；又因牠們據於縣治的上游，所以又名上四鄉，以示與縣下的孝女，南北，欽賢，履露的四鄉境界的不同。大抵古時定鄉的界線，東自江邊六和塔算起，西至富陽爲止，南望蕭山，北接餘杭，區域是很模糊遼闊的。現在我們要記小和山，龍門山，午潮山的一帶，也只能馬馬虎虎，遵從古意，暫且以牠們爲定鄉以內的水水山山；而定鄉小識的第四卷內之所記，就是這一路的山容水貌，古蹟詩詞，我在下面，也有不少詞句，是抄這一卷的記述的。

先說小和山罷；小和山脚，就是杭徽支路達小和山的汽車路的終點。自杭州坐汽車去，不消一個鐘頭，就可以到了。從山脚走上山去，曲折盤旋，大約要走三十分鐘的石級，纔可以到得頂上的金蓮寺裏。這一段上山路的風景，可以借定鄉小識的記載來描寫，雖然是古人的文言文，但也沒有「白髮三千丈」那麼的誇過其實，是可以信用的：『小和山在龍門山東，多竹樹，遊人登山，行翠霧中，山徑盤曲，十步一折；南出龍門坑，抵轉塘，以達於江；北下西溪。』

我們去的那天，同去者是一羣中外雜湊的難民似的旅行團，時候又當春意闌珊，香火最旺的淸明穀雨之前，滿途的翠霧，當然是可以不必說，而把這翠霧襯托得更加可愛更加生色的，却是萬紫千紅的映山紅與紫藤花。你即使還不曾到過這一處地方，你且先閉上眼睛，想一想這一個混合的色彩！上面當然是靑天，遊人的衣服是白的，太陽光有時也紅，有時也黑（在樹蔭下），有時也七色調和，而你的眼睛，却在這雜色叢中做亂舞亂跳的飛花蝴蝶，這大約也可以說是夠風流了罷！但是更風流的事情，還在後面。

金蓮寺裏奉祀的菩薩，是玄天上帝的聖帝菩薩，據說，極有靈驗，自二月至四月，香火之盛，可以抵得過老東嶽的一半，而尤以『飯回（還）勿盛（曾）且吃）哩！』的松江鄉民爲最多。因而在寺的門前，當這一個春香期裏，有茶棚，有菜館，還有專賣竹器的手工人。油條，燒酒，毛筍，油荳腐，却是這山上的異味。

關於聖帝菩薩，我早想做一點考證，但遍閱道書，却仍是茫無頭緒。只從一部不能當作正傳看的草本書裏，知道他是一位太子，在武當出家修行；手執寶劍，頭帶金圈，是一位伏魔大帝。所謂魔者、就是他蛻化時，嫌有煙火氣味，從自己肚裏挖出的一個胃和一盤腸。這聖帝的腸和胃，也受了聖化，被挖出之後，就變了一個龜與一條蛇，在世上作惡害人。經聖帝菩薩收服之後，便變了他的龜蛇二將。還有一個經他收服的王靈官，是他最信任最得意的侍從武都頭；一手捏鋼鞭，一手作靈結，紅臉赤髮，正直聰明，是這一位聖帝手下最有靈感，最不顧私情的周倉，李逵，牛皋一類的人物。而聖帝的名姓，和在世時的籍貫時代，却言人人殊，終於沒有一個定論。

以我的私意推測起來，大約這一位聖帝菩薩，受的一定是佛家的影響，係產生於唐以後的無疑。因爲釋迦是太子，是入山修道者，歷盡了種種苦難魔折，纔成正果，而他的經歷出身，簡直和聖帝菩薩是一樣。大約道家見到了佛法的流行，這我們中國固有的正教行見得要被外來的宗教征服了，所以纔倡始了這一種傳說。延至宋代，道教大盛，趙氏南遷，餘杭大滌山下的洞霄宮，天台桐柏山上的桐柏宮，威勢赫奕，壓倒了禪宗。因而西溪一帶，直至餘杭，有的是靈官殿，聖武廟，而釋家的寺院，都是清代重修的殿宇。明朝永樂，因燕賊篡位，難得民心，故而托言聖帝轉世，大修武當的道院；而他的末子崇禎，也做了朱天大帝，在杭州附近，出盡了威風。由此類推起來，從可知道這一帶的高山道觀，在明朝也是香火很盛的，一路上去，可以直溯到安徽的白嶽齊雲。

野馬一放，放得太遠了，我們只好再回到一九三五年春季的小和山來，就再說金蓮寺吧！金蓮寺是有田產的寺觀，每年收入的租穀，儘可以養得活十二三位寺內的僧侶，寺的組織繼承，是和浙東的寺院一樣，大有俗家的氣味；他們奉祀的雖是聖帝菩薩，而穿的却是和尙的衣服：因爲富有寺產，所以打官司，奪產業這類的事情，也是免不了的。我們當天，在金蓮寺外吃了一陣油條燒酒之後，因爲去的目的地是白龍潭，所以只在寺外門前鬧了一陣，便向南面的一條石級路走下，上龍門坑去了。這龍門坑的一個村子，眞是外人不識，村人不知，武陵漁父也不曾到過的一座世外的桃源；牠的形勢，和在郎當嶺上看下去的山村梅家塢，有點相彷彿。

龍門坑居民二百餘家，十分之六是葛姓，村中一溪，斷橋錯落，居民小舍，就在溪水橋頭，山坡岩下，排列分配得極勻極美。村的三面，儘是高山，山的四面，就是萬紫千紅的映山紅與紫藤花。自白龍潭下流出來的溪水，可以灌田，可以助勢，所以水堆磨坊，隨處都是。居民於種茶種稻之外，並且也利用水勢，兼營紙業。這一種和平的景象，這一種村民樂業的神情，你若見了，必定想辭去你所有的委員敎員×員的職務，來此地閑居課子，或賣劍買牛，不問世事。而這村中的蛟龍廟（或作嬌龍廟）裏的一區小學兒童的歌聲，更加要使你想到沒有外國勢力侵入生活競爭不像現在那麽激烈的羲皇以上的時代去。我忍不住了，就乘大家不注意的中間，偷偷在筆記簿上寫下了這麽的二十八字：

『小和山下蛟龍廟，聚族安居二百家，好是陽春三月暮，沿途開遍紫藤花。』

從龍門坑西去的五六里路中間，兩邊盡是午潮山，龍門山，千丈岩，牛滑嶺，倒弔嶺，九曲嶺，獅子巖等崇山峻嶺拖下來的高峰；中有一溪，因成一谷。山上的花和石，溪裏的水和天，三步一轉，五步一折，到了谷底的時候，要上山了，這時候你就感得到一年不斷的天風，和名叫龍門，從兩峰夾峙的石壁之間流下來的瀑布聲音的淙淙霍霍。

你要脫去了文明人的鞋襪，光赤着從母胎裏帶來的雙足，有時候水大，也須還要撩上你本來不長的短褲，露着白腿，不惜臀部（因爲要滑跌而坐在水中）纔能到得那所謂的龍門山夾，從這山夾裏流下來的白龍潭瀑布的身邊。

上面說過的所謂更風流的事情，就在這一段了。小姐們太太們，到了此地，總算是已經歷盡了千辛和萬苦；從此回去麼？瀑布聲音，是聽得見了；愛惜絲襪與高跟皮鞋麼？那你就一步也移動不得。坐轎子麼？你一個人走，尙且危險，那裏有一乘轎子與兩個轎夫的容身之地？所以你不來則已，你若一來，就得大家平等，一例的赤着足，撩着衣，坐臀莊，爬石隙，大家只好做一個原始時代的赤裸裸的亞當與亞娃；不必客氣，毫無折扣，要爬過山的半腰，再順溪流而上，直到兩山壁峙的幽黯的山陜，纔看得見那一條白龍飛舞似的珠簾的彩瀑。瀑身並不寬，瀑流也並不高（大約總只有五丈餘高），可是在杭州附近在這一個千岩萬壑不多去路的山間，偶爾路一轉折，就見到了這一條只在書的插畫裏見過似的飛瀑，豈不是已經可以算一件奇蹟了麼？風流不風流，且不必去管牠，總之你費半日的心思和勞力，最後就可以得到這一點怡悅心身，滿足好奇的酬報，豈不是比盼望了兩三個月之久，而終於也許還不能得到一個末尾的航空獎劵穩健有趣得多？

白龍潭的出名，及牠的所以成爲今年遊春的時髦地點的原因，大約從上面的一段記述裏，大家可以明白了；現在我還想參考定鄉小識，以及這次去遊的經驗，再補敍幾句進去。

原來這一帶的地域，古時候似乎都叫作龍門山路的；而所謂龍門山者，究竟是那一支山，卻很不容易辯清。白龍潭瀑布所在的地方，兩峰夾峙，絕似龍門，按理當以此處爲龍門山的中心，但厲鶚的宿龍門山巢雲上人房的那一首五言律詩的小註裏又說山在錢唐之西，俗名小和山。厲鶚當然是不對，可是現在的村人也只把白龍潭所在的一帶，叫作白龍山而已，並無龍門山的這一個名稱。在上白龍潭去的路旁，就在龍門坑村裏一支山上，有一條新闢的山路，是上白龍菴去的。這白龍菴係在山的東南面，地勢極南，下面可以俯瞰定鄉北谷以及錢唐江的之字形的江流，遊人大抵不到，可是地方却是最妙也沒有的一處高地；而自白龍菴西下白龍潭，也須走兩三里路，纔可以看得到白龍潭瀑布的來源；若以這山爲龍門山，那山的一面，龍門的西面半扇，又沒有了名字了，所以也不大妥當。我想非地理學家的我們這些遊人，最好是只能將錯就錯，以這一帶的地域爲龍門山的轄地；將白龍潭與白龍山，統視作了龍門山的支脈，那纔可以與古書不背了。在這裏，我只希望去看白龍潭瀑布的人多一些，可以將那條山路踏平；更希望去遊的人，能從龍門坑轉向南去，出轉塘去坐汽車，可以免去回來時小和山嶺的一條山路的跋涉，最後還希望將回到龍門坑村裏，再去午潮山的那一點氣力省下，轉向南面的山上叫作白龍菴的地方去看一看白龍潭瀑布的來源，與錢塘江江上的風帆，因爲上午潮山去的一路景色，以及山上的勝景，是遠不及現在有一所農場在那裏的白龍菴上面的寬敞偉大的。

一九三五年四月五日

半日的遊程

去年有一天秋晴的午後，我因爲天氣實在好不過，所以就擱下了當時正在趕着寫的一篇短篇的筆，從湖上坐汽車馳上了江干。在兒時習熟的海月橋花牌樓等處閑走了一陣，看看青天，看看江岸，覺得一個人有點寂寞起來了，索性就朝西的直上，一口氣便走到了二十幾年前曾在那裏度過半年學生生活的之江大學的山中。二十年的時間的印跡，居然處處都顯示了面形：從前的一片荒山，幾條泥路，與夫亂石幽溪，草房藩溷，現在都看不見了。尤其要使人感覺到我老何堪的，是在山道兩旁的那一排青青的不凋冬樹；當時祇同荳苗似的幾根小小的樹秧，現在竟長成了可以遮蔽風雨，可以掩障烈日的長林。不消說，山腰的平處，這裏那裏，一所所的輕巧而經濟的住宅，也添造了許多；像在畫裏似的附近山川的大致，雖仍依舊，但校址的周圍，變化卻竟發生了不少。第一，從前在大禮堂前的那一絲空地，本來是下臨絕谷的半邊山道，現在卻已將面前的深谷填平，變成了一大球場。大禮堂西北的略高之處，本來是有幾枝被朔風摧折得灣腰屈背的老樹孤立在那裏的，現在卻建築起了三層的圖書文庫了。二十年的歲月！三千六百日的兩倍的七千二百日的日子！以這一短短的時節來比起天地的悠長來，原不過是像白駒的過隙，但是時間的威力，究竟是絕對的暴君，曾日月之幾何，我這一個本在這些荒山野徑裏馳騁過的毛頭小子，現在也竟垂垂老了。

一路上走着看着，又微微地嘆着，自山的脚下，走上中腰，我竟費去了三十來分鐘的時刻。半山裏是一排敎員的住宅，我的此來，原因爲在湖上在江干孤獨得怕了，想來找一位既是同鄉，又是同學，而自美國回來之後就在這母校裏服務的胡君，和他來談談過去，賞賞淸秋，並且也可以由他這裏來探到一點故鄉的消息的。

兩個人本來是上下年紀的小學校的同學，雖然在這二十幾年中見面的機會不多，但或當暑假，或在異鄉，偶爾遇着的時候，卻也有一段不能自已的柔情，油然會生起在各個的胸中。我的這一回的突然的襲擊，原也不過是想使他驚駭一下，用以加增加增親熱的效力的企圖升堂一見，他果然是被我駭倒了；

『哦！眞難得！你是幾時上杭州來的？』他驚笑着問我。

『來了已經多日了，我因爲想靜靜兒的寫一點東西，所以朋友們都還沒有去看過。今天實在天氣太好了，在家裏坐不住，因而一口氣就跑到了這裏。』

『好極！好極！我也正在打算出去走走，就同你一道上溪口去吃茶去罷，沿錢塘江到溪口去的一路的風景，實在是不錯！』

沿溪入谷，在風和日暖，山近天高的田塍道上，二人慢慢地走着，談着，走到九溪十八澗的口上的時候，太陽已經斜了去山不過丈來高的地位了。在溪房的石條上坐落，等茶莊裏的老翁去起茶煮水的中間，向靑翠還像初春似的四山一看，我的心坎裏不知怎麼，竟充滿了一股說不出的颯爽的淸氣。兩人在路上，說話原已經說得很多了，所以一到茶莊，都不想再說下去，祇瞪目坐着，在看四周的山和脚下的水，忽而嘘朔朔朔的一聲，在半天裏，晴空中一隻飛鷹，像霹靂似的叫過了，兩山的回音，更繚繞地震動了許多時。我們兩人頭也不仰起來，祇豎起耳朵在靜聽着這鷹聲的響過。回響過後，兩人不期而遇的將視線湊集了攏來，更同時破顏發了一臉微笑，也同時不謀而合的叫了出來說：

『眞靜啊！』

『眞靜啊！』

等老翁將一壺茶搬來，也在我們邊上的石條上坐下，和我們攀談了幾句之後，我纔開始問他說：

『久住在這樣寂靜的山中，山前山後，一個人也沒有得看見，你們倒也不覺得怕的麽？』

『怕啥東西？我們又沒有龍連（錢），強盜綁匪，難道肯到孤老院裏來討飯吃的麽？並且春三二月，外國清明，這裏的遊客，一天也有好幾千。冷淸的，就祇不過這幾個月。』

我們一面喝着淸茶，一面祇在貪味着這陰森得同太古似的山中的寂靜，不知不覺，竟把擺在桌上的四牒糕點都吃完了，老翁看了我們的食慾的旺盛，就又推薦着他們自造的西湖藕粉和桂花糖說：

『我們的出品，非但在本省口碑載道，就是外省，也常有信來郵購的，兩位先生冲一碗嘗嘗看如何？』

大約是山中的清氣，和十幾里路的步行的結果罷，那一碗看起來似鼻涕，吃起來似泥沙的藕粉，竟使我們嚼出了一種意外的鮮味。等那壺龍井芽茶冲得已無茶味，而我身邊帶着的一封絞盤牌也祇剩了兩枝的時節，覺得今天是行得特別快的那輪秋日，早就在西面的峰旁躲去了。谷裏雖掩下了一天陰影，而對面東首的山頭，還映得金黃淺碧，似乎是山靈在預備去赴夜宴而鋪陳着濃裝的樣子。我昂起了頭，正在賞玩着這一幅以青天爲背景的夕照的秋山，忽聽見耳旁的老翁以富有抑揚的杭州土音計算着賬說：

『一茶，四牒，二粉，五千文！』

我眞覺得這一串話是有詩意極了，就囘頭來叫了一聲說：

『老先生！你是在對課呢？還是在做詩？』

他倒驚了起來，張圓了兩眼呆視着問我：

『先生你說啥話語？』

『我說，你不是在對課麼？三竺六橋，九溪十八澗，你不是對上了「一茶四碟，二粉五千文」了麼？』

說到了這裏，他纔搖動着鬍子，哈哈的大笑了起來，我們也一道笑了。付賬起身，向右走上了去理安寺的那條石砌小路，我們倆在山嘴將轉灣的時候，三人的呵呵呵呵的大笑的餘音，似乎還在那寂靜的山腰，寂靜的溪口，作不絕如縷的回響。

一九三三年五月二十一日

感傷的行旅

一

猶太人的漂泊，聽說是上帝制定的懲罰。中歐一帶的「寄泊棲」的遊行，彷彿是這一種印度支族浪漫尼的天性。大約是這兩種意味都完備在我身上的緣故罷，在一處沈滯得久了，祇想把包裹雨傘背起，到絕無人跡的地方去吐一口鬱氣。更況且節季又是霜葉紅時的秋晚，天色又是同碧海似的天天晴朗的青天，我為什麼不走？我為什麼不走呢？

可是說話容易，實踐艱難，入秋以後，想走想走的心願，卻起了好久了，而天時人事，到了臨行的時節，總有許多阻障出來。八個瓶兒七個蓋，湊來湊去湊不周全的，尤其是幾個買舟借宿的金錢。我不會吹簫，我當然不能乞食，況且此去，也許在吳頭，也許向楚尾，也許在中途被捉，被投交有砂米飯吃有紅衣服著的籠中，所以踏上火車之先，我總想多帶一點財物在身邊，免得為人家看出，看出我是一個無產無職的遊民。

旅行之始，還是先到上海，向各處去交涉了半天。等到幾個版稅拿到在手裏，向大街上買就了些旅行雜品的時候，我的靈魂已經飛到了空中，

"Over the hills and far away"

坐在黃包車的的身體，好像在騰雲駕務，扶搖上九萬里外去了。頭一晚，就在上海的大旅館裏借了一宵宿。

是月暗星繁的秋夜，高樓上看出去，能夠看見的，祇是些黃蒼頹蕩的電燈光。當然空中還有許多同峰衙裏出了火似的同胞的雜噪聲，和許多有錢的人在大街上駛過的汽車聲溶合在一處，在合奏着大都會之夜的『新魔豐賦』，但最觸動我這感傷的行旅者的哀思的，卻是在同一家旅舍之內，從前後左右的宏壯的房間裏發出來的驕豔的肉聲，及伴奏着的悲涼的絃索之音。屋頂上飛下來的一陣兩陣的比西班牙舞樂裏的皮鼓銅琶更野噪的鑼鼓響樂，也未始不足以打斷打斷我這愁人秋夜的客中孤獨，可是同敗落頭人家的喜事一樣，這一種絕望的喧闐，這一種勉强的乾興，終覺得是肺病患者的臉上

的紅潮，靜聽起來彷彿是有四萬萬的受難的人民，在這野聲裏啜泣似的，『如此烽煙如此(樂)老夫懷抱若爲開』呢?

不得已就祇好在燈下拿出一本德國人的遊記來躺在牀沿上胡亂地翻讀……

一七七六九月四日，來幹思堡侵晨。

早晨三點，我輕輕地偷逃出了卡兒斯罷特，因爲否則他們怕將不讓我走。那一羣將很親熱地爲我做八月廿八的生日的朋友們，原也有扣留住我的權利；可是此地卻不可再事淹留下去了。……

這樣地跟這一位美貌多才的主人公看山看水，一直的到了月下行車，將從勃倫納到物絡那(Vom Brenner bis Verona)的時候，我也就在悲涼的絃索聲，雜噪的鑼鼓聲，和怕人的汽車聲中昏沈睡着了。

不知是在什麼地方，我自身卻立在黑沉沉的天蓋下俯看海水，立脚處彷彿是危巖巉兀的一座石山。我的左壁，就是一塊身比人高的直立在那裏的大石。忽而海潮一漲，祇見黑黝黝的渦旋，在灰黃的海水裏鼓蕩，潮頭漸長漸高，逼到脚下來了，我苦悶了一陣，卻也終於無路可逃，帶黏性的潮水，就毫無躊躇地浸上了我的兩脚，浸上了我的腿部，腰部，終至於將及胸部而停止了。一霎時水又下退，我的左右又變了石山的陸地，而我身上的一件青袍，卻爲水浸濕了。在驚怖和懊惱的中間，夢神離去了我，手支着枕頭，舉起上半身來看看外邊的樣子，似乎那些毫無目的，毫無意識，祇在大街上閑逛，瞎擠，亂罵，高叫的同胞們都已歸籠去了，馬路上祇剩了幾聲清淡的汽車警笛之聲，前後左右的嬌豔的肉聲和絃索聲也減少了，幽幽寂寂彷彿從極遠處傳來似的，祇有間隔得很遠的竹背牙牌互擊的操搭的聲音，大約夜也闌了，大家的遊興也倦了罷，這時候我的肚裏卻也咕嚕嚕感到了一點飢餓。

披上綿袍，向裏間浴室的磁盆裏放了一盆熱水，漱了一漱口，擦了一把臉，再回到牀前安樂椅上坐下，呆看住電燈擦起火柴來吸煙的時候，我不知怎麽的斗然間卻感到了一種異樣的孤獨。這也許是大都會中的深夜的悲哀，這也許是中年易動的人生的感覺，但無論如何，我覺得這樣的再在旅舍裏枯坐是耐不住的了，所以就立起身來，開門出去，想去找一家長夜開爐的菜館去試一回小吃。

開門出去，在靜寂粉白和病院裏的廊子一樣的長巷中走了一段，將要從右角轉入另一條長廊去的時候，在角上的那間房裏，忽而走出了一位二十左右，面色潔白妖豔，一頭黑髮，鬆長披在肩上，全身像裸着似的衹罩着一件金黃長毛絲絨的 Negligee 的婦人來。這一回的出其不意地在這一個深夜的時間裏忽兒和我這樣的一個潦倒的中年男子的相遇，大約也使她感到了一種驚異，她起始衹張大了兩隻黑晶晶的大眼，懷疑驚問似的對我看了一眼，繼而臉上漲起了紅霞，似羞縮地將頭俯伏了下去，終於大着胆子向我的身邊走過，走到另一間房間裏去了。我一個人發了一臉微笑，走轉了灣，輕輕地在走向昇降機去的中間，耳朵裏還聽見了一聲她關閉房門的聲音，眼睛裏還保留着她那豐白的圓肩的曲線，和從寬散的她的寢衣中透露出來的胸前的那塊倒三角形的雪嫩的白肌膚。

司昇降機的工人和在廊子的一角呆坐着的幾位茶役，都也睡態朦朧了，但我從高處的六層樓下來，一到了底下出大門去的那條路上，卻不料竟會遇見這許多暗夜之子在談笑取樂的。他們的中間，有的是跟妓女來的龜奴鴇母，有的是司汽車的機器工人，有的是身上還披着絨毯的住宅包車夫，有的大約是專等到了這一個時候，來入到這些人的中間來騙取一枝兩枝香烟，談談笑笑藉此過夜的閑人罷，這一個大門道上的小社會裏，這時候似乎還正在熱鬧的黃昏時候一樣，而等我走出大門，向東邊角上的一家茶館裏坐定，朝壁上的掛鐘細細看了一眼時，卻已經是午前的三點鐘前了。

吃取了一點酒菜回來，在路上向天空注看了許多回。西邊天上，正掛着一鉤同鐮刀似的下弦殘月，東北南三面，從高屋頂的電火中間窺探出去，世還見得到一顆兩顆的黯澹的秋星，大約明朝不會下雨這一件事情總可以決定的了。我長嘯了一聲，心裏卻感到了一點滿足，想這一次的出發也還算不壞，就再從昇降機上來，回房脫去了袍襖，沈酣地睡着了四五個鐘頭。

二

幾個鐘頭的酣睡，已把我長年不離身心的疲倦醫好了一半了，況且趕到車站的時候正還是上行特別快車將發未動的九點之前，買了車票，擠入了車座，浩浩蕩蕩，火車頭上晨風朝日之中，將我的身體搬向北去的中間，老是自傷命薄，對人對世總覺得不滿的我這時代落伍者，倒也感到了一心的快樂。『旅行果然是好的，』我斜倚着車窗，目覩着兩旁的躺息在太陽和風裏的大地，心裏卻在這樣的想：『旅行果然是不錯，以後就決定在船窗馬背裏過牠半生生活罷！』

江南的風景，處處可愛，江南的人事，事事堪哀，你看，在這一個秋盡冬來的寒月裏，四邊的草木，豈不還是青葱紅潤的麼？運河小港裏，豈不依舊是白帆如織，滿在行駛的麼？還有小小的水車亭子，疏疏的槐柳樹林。平橋瓦屋，祇在大空裏吐和平之氣，一堆一堆的乾草堆兒，是老百姓在這過去的幾個月中間力耕苦作之後的黃金成績，而車磷磷，馬蕭蕭，這十餘年中間，軍閥對他們的徵收剝奪，虜掠姦淫，從頭細算起來，那裏還算得明白？江南原說是魚米之鄉，但可憐的老百姓們，也一併的作了那些武裝同志們的魚米了。逝者如斯，將來者且更不堪設想，你們且看看政府中什麼局長什麼局長的任命，一般物價的同潮也似的怒昇，和印花稅地稅雜稅等名目的增設等，就也可以知其大概了。啊啊，聖明天子的朝廷大事，你這賤民那有左右容喙的權利，你這無智的牛馬，你還是守着古聖昔賢的大訓，明哲以保其身，且細賞賞這車窗外面的迷人秋景罷！人家瓦上的濃霜，去管牠作甚？

車窗外的秋色，已經到了爛熟將殘的時候了。而將這秋色秋風的頹廢末級，最明顯地表現出來的，要算淺水灘頭的蘆花叢藪，和沿流在搖映着的柳色的鵝黃。當然杞樹，楓樹，柏樹的紅葉，也一例的在透露殘秋的消息，可是綠葉層中的紅霞一抹，卽在春天的二月，祇敎你向樹林裏去栽幾株一丈紅花，也就可以釀成此景的。至於西方蓮的殷紅，則不問是寒冬或是炎夏，祇敎你培養得宜，那就隨時隨地都可以將其他樹葉的碧色去襯牠的朱紅，所以我說，表現這大江南岸的殘秋的顏色，不是楓林的紅豔和殘葉的青蔥，卻是蘆花的豐白與岸柳的髡黃。

秋的顏色，也管不得許多，我也不想來品評紅白，裁答一重公案，總之對這些大自然的四時煙景，毫末也不會留意的我們那火車機頭，現在卻早已衝過了長橋幾架，抄過了洋澄湖岸的一角，一程一程的在逼近姑蘇台下去了。

蘇州本來是我儂舊遊之地，「一帆冷雨過婁門」的情趣，閒雅的古人，似乎都在稱道。不過細雨騎驢，延着了七里山塘，緩緩的去奠拜眞孃之墓的那種逸致，實在也儘值得我們的懷憶的。還有日斜的午後，或者上小吳軒去泡一碗清茶，憑欄細數數城裏人家的煙竈，或者在冷紅閣上，開開牠朝西一帶的明窗，靜靜兒的守着夕陽的晼晚西沈，也是塵俗都消的一種遊法。我的此來，本來是無遮無礙的放浪的閒行，依理是應該在吳門下榻，離滬的第一晚，是應該去聽聽寒山寺裏的夜半清鐘的，可是重陽過後，這近邊又有了幾次農工暴動的風聲，軍警們提心弔胆，日日在搜查旅客，騷擾居民，像這樣的暴風雨將到未來的恐怖期間，我也不想再去多勞一次軍警先生的駕了，所以車停的片刻時候，我祗在車裏跑上先跑落後的看了一回虎丘的山色，想看看這本來是不高不厚的地皮，究竟有沒有被那些要人們刮盡。但是還好，那一堆小小的土山，依舊還在那裏點綴蘇州的景致。不過塔影蕭條，似乎新來瘦了，牠不會病酒，牠不會悲秋，這影瘦的原因，大約總是因爲日脚行到了天中的緣故罷。拿出錶來一看，果然已經是十一點多鐘，將近中午的時刻了。

火車離去蘇州之後，路線的兩邊，聳出了幾條紺碧的山峰來。在平淡的上海住慣的人，或者本來是從山水中間出來，但爲生活所迫，就不得不在看不見山看不見水的上海久住的人們，大約到此總不免要生出異樣的感覺來的罷，同車的有幾位從上海來的旅客，一樣的因看見了這西南一帶的連山而在作點頭的微笑。啊啊，人類本來就是大自然的一部分細胞，祇敎天性不滅，決沒有一個會對了這自然的和平淸景而不想贊美的，所以那些卑汚貪暴的軍閥委員要人們，大約總已經把人性滅盡了的緣故罷，他們祇知道要打仗，他們祇知道要殺人，他們祇知道如何的去斂錢爭勢奪權利用，他們祇知道如何的來破壞農工大衆的這一個自然給與我們的伊甸園。啊吓，不對，本來是在說看山的，多嘴的小子，卻又破口牽涉起大人先生們的狠心狗計來了，不說罷，還是不說罷。將近十二點了，我還是去炒盤芥莉鷄丁弄瓶『苦配』啤酒來澆澆磈磊的好。

三

正吞完最後的一杯苦酒的時候，火車過了一個小站，聽說是無錫就在眼前了。天下第二泉水的甘味，倒也沒有什麼可以使人留戀的地方。但震澤湖邊的蘆花秋草，當這一個肅殺的年時，在理想上當然是可以引人入勝的，因爲七十二山峰的峰下，處處應該有低淺的水灘，三萬六千頃的周匝，少算算也應該有千餘頃的淺渚，以這一個統計來計算太湖湖上的蘆花，這起碼要比揚子江河身的沙渚上的蘆田多些。我是曾在太平府以上九江以下的揚子江頭看過偉大的蘆花秋景的，所以這一回很想上太湖去試試運氣看，看我這一次的臆測究竟有沒有和事實相合的地方。這樣的決定在無錫下車之後，倒覺得前面相去祇幾哩地的路程特別的長了起來，特別快車的速力也似乎特別慢起來了。

無錫究竟是出大政客的實業中心地，火車一停，下來的人竟佔了全車的十分之三四。我因爲行李無多，所以一時對那些爭奪人體的黃包車夫們都失了敬，一個人踏出站來，在荒地上立了一會，看了一齣猴子戴面具的把戲，想等大夥的行客散了，再去叫黃包車直上太湖邊去。這一個戰略，本是我在旅行的時候常用常效的方法，因爲車剛到站，黃包車價總要比平時貴漲幾倍，等大家散盡，車夫看看不得不等第二班車了，那他的價錢就會低讓一點，可以讓到比平時祇貴兩成三成的地步。況且從車站到湖濱，隨便走那一條路，總要走個半鐘頭纔能走到，你若急切的去叫車，那客氣一點的車夫會索價一塊大洋，不客氣的或者竟會說兩塊三塊都不定的。所以夾在無錫的市民中間，上車站前頭的那塊荒地上去看一齣猴犬兩明星合演的拿手好戲，也是一件有意義的事情，因爲我在看把戲的中間就在擺布對車夫的戰略吓。殊不知這一次的作戰，我卻大大的失敗了。

原來上行特別快車到站是正午十二點的光景，這一班車過後，則下行特快的到來要在下午的一點半過，車夫若送我到湖邊去呢，那下半日的他的買賣就沒有了，要不是有特別的好處，大家是不願意去的。況且時刻又來得不好，正是大家要去吃飯繳車的時候，所以等我從人叢中擠攢出來，想再回到車站前頭去叫車的當兒，空洞的卵石馬路上，祇剩了些太陽的影子，黃包車夫卻一個也看不見了。

沒有方法，祇好唱着『背轉身，祇埋怨，自已做差，』而慢慢的踱過橋去，在無錫飯店的門口，反出了一個更貴的價目，纔叫着了一乘黃包車拖我到了迎龍橋下。從迎龍橋起，前面是寬廣的汽車道了，兩公司的駛往梅園的公共汽車，隔十分就有一乘開行，並且就是不坐汽車，從迎龍橋起再坐小照會的黃包車去，也是十分舒適的。到了此地，又是我的世界了，而實際上從此地起，不但有各種便利的車子可乘，就是叫一隻湖船，叫她直搖出去，到太湖邊上去搖她一晚，也是極容易辦到的事情，所以在一家新的公共汽車行的候車的長橙上坐下的時候，我心裏覺得是已經到了太湖邊上的樣子。

開原鄉一帶，實在是住家避世的最好的地方。九龍山脈，橫亙在北邊，錫山一搭，障得住東來的煙灰煤氣，西南望去，不是龍山山脈的蜿蜒的餘波，便是太湖湖面的鏡光的返照。到處有桑麻的肥地，到處有起屋的良材，耕地的整齊，道路的修廣，和一種和平氣象的橫溢，是在江浙各農區中所找不出第二個來的好地。可惜我沒有去做官，可惜我不曾積下些錢來，否則我將不買陽羨之田，而來這開原鄉裏置牠的三十頃地，營五畝之居，築一畝之室。竹籬之內，樹之以桑，樹之以麻，養些雞豚羊犬，好供歲時伏臘置酒高會之資；酒醉飯飽，在屋前的太陽光中一躺，更可以叫稚子開一開留聲機器，聽聽克拉衣斯勒的提琴的慢調或卡兒騷的高亢的悲歌。若喜歡看點新書，那火車一搭，祇教有半日工夫，就可以到上海的壁恆別發，去買些最近出版的優美的書來。這一點卑卑的願望，啊啊，這一點在大人先生的眼裏看起來，簡直是等於矮子的一個小脚指頭般大的奢望，我究竟要在何年何月，纔享受得到呢？罷罷，這樣的在公共汽車裏坐着，這樣的看看兩岸的疾馳過去的桑田，這樣的注視注視龍山的秋景，這樣的吸收吸收不用錢買的日色湖光，也就可以了，很可以了，我還是不要作那樣的妄想，且念首清詩，聊作個過屠門的大嚼罷！

Mine be a cot beside tee bill;
A bee-hive's hum shall soothe my ear;
A willowy brook that turns a mill,
With many a fall shall linger near.

The swal'ow, oft, beneath my thatch
Shall twitter from her clay-built nest;
Oft shall the pilgrim lift the latch,
And share my meal, a welcome guest.

Around my ivied porch shall spring

Each fragrant flower that drinks the dew;
And Lucy, at her wheel, shall sing
In russet-gown and apron blue.

The village-church among the trees,
Where first our marriage-vows were given,
With merry peals shall swell the breeze
And point with taper spire to Heaven.

這樣的在車窗口同詩裏的蜜蜂似的哼着念着，我們的那乘公共汽車，已經駛過了張巷榮巷，駛過了一支小甲的腰嶺，到了梅園的門口了。

四

梅園是無錫的大實業家榮氏的私園，係築在去太湖不遠的一支小山上的別業，我的在公共汽車裏想起的那個願望他早已大規模地爲我實現造好在這裏了；所不同者，我所想的是一間小小的茅篷，而他的卻是紅磚的高大的洋房，我是要緩步以當車，徒步在那些桑麻的野道上閑走的，而他卻因爲時間是黃金就非坐汽車來往不可的這些違異。然而人同此心，心同此理，看將起來，有錢的人的心理，原也同我們這些無錢無業的閒人的心理是一樣的，我在此地要感謝榮氏的竟能把我的空想去實現而造成這一個梅園，我更要感謝他既造成之後而能把牠開放，並且非但把牠開放，而又能在梅園裏劃出一席地來租給人家去開設一個接待來遊者的公共膳宿之場。因爲這一晚我是決定在梅園裏的太湖飯店內借宿的。

大約到過無錫的人總該知道，這附近的別墅的位置，除了剛纔汽車通過的那枝橫山上的一個別莊之外，總算這梅園的位置算頂好了。這一條小小的東山。當然也是龍山西下的波脈裏的一條，南去太湖，約祇有小三里不足的路程，而在這梅園的高處，如招鶴坪前，太湖飯店的二樓之上，或再高處那榮氏的別墅樓頭，南窗開了，眼下就見得到太湖的一角，波光容與，時時與獨山管社山的山色相掩映。至於園裏的瘦梅千樹，小榭數間，和曲折的路徑，高而不美的假山之類，不過盡了一點點綴的餘功，並不足以語園林營造的匠心之所在的。所以梅園之勝，在牠的位置，在牠的與太湖的接而又離，離而又接的妙處，我的不遠數十里的奔波，定要上此地來借牠一宿的原因，也祇想利用利用這一點特點而已。

在太湖飯店的二樓上把房間開好，喝了幾杯既甜且苦的惠泉山酒之後，太陽已有點打斜了，但拿出錶來一看，時間還祇是午後的兩點多鐘。我的此來，原想看一看一位朋友所寫過的太湖的落日，原想看看那落日與蘆花相映的風情的；若現在就趕往湖濱，那未免去得太早，後來怕要生出久候無聊的感想來。所以走出梅園，我就先叫了一乘車子，再回到惠山寺去，打算從那裏再由別道繞至湖濱，好去趕上看湖邊的落日。但是錫山一停，惠山一轉，遇見了些無聊的俗物在惠山泉水旁的大嚼豪遊，及許多武裝同志們的沿路的放肆高笑，我心裏就感到了一心的不快，正同被強人按住在脚下，被他强塞了些灰土塵汚到肚裏邊去的樣子，我的脾氣又發起來了，我祇想登到無人來得的高山之上去盡情吐瀉一番，好把肚皮裏的抑鬱灰塵都吐吐乾淨。穿過了惠山的後殿，一步一登，朝着祇有斜陽和衰草在弄情調戲的濯濯的空山，不曉走了多少時候，我竟走到了龍山第一峰的頭茅篷外了。

目的總算達到了，惠山錫山寺裏的那些俗物，都已踏踢在我的脚下，四大皆空，頭上身邊，祇剩了一片藍蒼的天色和清淡的山嵐。在此地我可以高嘯，我可以俯視無錫城裏的幾十萬爲金錢名譽而在苦鬥的蒼生，我可以任我放開大口來駡一陣無論那一個凡爲我所疾惡者，駡之不足，還可以吐他的面，吐面不足，還可以以小便來澆上他的身頭。我可以痛哭，我可以狂歌，我等爬山的急喘囘復了一點之後，在那瑰頭茅篷前的山峰頭上竟一個人演了半日的狂態，直到喉嚨乾啞，汗水橫流，太陽也傾斜到了很低很低的時候爲止。

氣竭聲嘶，狂歌高叫的聲音停後，我的兩隻本來是爲我自己的噪聒弄得昏昏的耳裏，忽而沁的鑽入了一層寂靜，風也無聲，日也無聲，天地草木都彷彿在一擊之下變得死寂了。沈默，沈默，沈默，空處都祇是沈默。我被這一種深山裏的靜寂壓得怕起來了，頭腦裏卻起了一種很可笑的後悔。『不要這世界完全被我罵得陸沈了哩？』我想，『不要山鬼之類聽了我的嘯聲來將我接受了去，接到了他們的死滅的國裏去了哩？』我又想，『我在這裏踏着的不要不是龍山山頭，不要是陰間的滑油山之類哩？』我再想。於是我就注意看了看四邊的景物，想證一證實我這身體究竟還是仍舊活在這卑汚滿地的陽世呢，還是已經闖入了那個鬼也在想革命而謀做閻王的陰間。

朝東望去，遠散在錫山塔後的，依舊是千萬的無錫城內的民家和幾個工廠的高高的煙突，不過太陽斜低了，比起午前的光景來，似乎加添了一點倦意。俯視下去，在東南的角裏，桑麻的林影，還是很濃很密的，並且在那條白線似的大道上，還有行動的車類的影子在那裏前進呢，那麼至少至少，四周都祇是死滅的這一個觀念總可以打破了。我寬了一寬心，更掉頭朝向了西南，太陽落下了，西南全面，祇是眩目的湖光，遠處銀蓋蒙澒，當是湖中間的峰面的暮靄，西面各小山的面影，也都變成了紫色了。因為看見了斜陽，看見了斜陽影裏的太湖，我的已經闖入了死界的念頭雖則立時打消，但是日暮途窮，祇一個人遠處在荒山頂上的一種實感，卻油然的代之而起。我就伸長了脖子拚命的查看起四面的路來，這時候我實在祇想找出一條近而且坦的便道，好遵此便道而且趕回家去。因為現在我所立着的，是龍山北脈在頭茅篷下折向南去的一條支嶺的高頭，東西南三面祇是岩石和泥沙，沒有一條走路的。若再回至頭茅篷前，重沿了來時的那條石級再下至惠山，則無緣無故便白白的不得不多走許多的回頭曲路，大丈夫是不走回頭路的，我一邊心裏雖在這樣的同小孩子似的想着，但實在我的脚力也有點虛竭了。『啊啊，要是這兒有一所菴廟的話，那我就可以不必這樣的着急了。』我一邊儘在看四面的地勢，一邊心裏還在作這樣的打算，『這地點多麼好啊，東面可以看無錫全市，西面可以見太湖的夕陽，後面是頭茅篷的高頂，前面是朝正南的開原鄉一帶的村落，這裏比起那頭茅篷來，形勢不曉要好幾十倍。無錫人眞沒有眼睛，怎麼會將這一塊龍山南面的平坦的山嶺這樣的棄置着而不來造一所菴廟的呢？唉唉，或者他們是將這一個好地方留着留待我來築室幽居的罷？或者幾十年後將有人來因我今天的在此一哭而爲我起一個痛哭之臺而與我那故鄉的謝氏西臺來對立的罷？哈哈，哈哈。不錯，很不錯。』末後想到了這一個誇大妄想狂者的想頭之後，我的精神也抖擻起來了，於是拔脚跟，不管牠有路沒有路，祇是往前向那條朝南斜拖下去的山坡下亂走。結果在亂石上滑坐了幾次，被荆棘鈎破了一塊小襟和一雙線襪，我跳過幾塊岩石，不到三十分鐘，我也居然走到了那支荒山脚下的墳堆裏了。

到了平地的墳樹林裏來一看，西天低處太陽還沒有完全落盡，走到了離墳不遠的一個小村子的時候，我看了看錶，已經是五點多了。村裏的人家也已經在預備晚餐，門前曬在那裏的乾草荳萁，都已收拾得好好，老農老婦，都在將暗未暗的天空下，在和他們的孫兒孫女遊耍。我走近前去，向他們很恭敬的問了問到梅園的路徑，難得他們竟有這樣的熱心，居然把我領到了通汽車的那條大道之上。等我雇好了一乘黃包車坐上，回頭來向他們道謝的時候，我的眼角上卻又撲簌簌地滾下了兩粒感激的大淚來。

五

山居清寂，梅園的晚上，實在是太冷靜不過。吃過了晚飯，向庭前去一走，祇覺得四面都是茫茫的夜霧和每每的荒田，人家也看不出來，更何況乎燈燭耀煌的夜市。繞出園門，正想拖了兩隻倦脚走向南面野田裏去的時候，在黃昏的灰暗裏我卻在門邊看見了一張有幾個大字寫在那裏的白紙。摸近前去一看，原來是中華藝大的旅行寫生團的通告。在這中華藝大裏，我本有一位認識的畫家C君在那裏當主任的，急忙走回飯店，教茶房去一請，C君果然來了。我們在燈下談了一會，又出去在園中的高亭上站立了許多時候，這一位不趨時尚，祇在自己精進自己的技藝的畫家，平時總老是吶吶不願多說話的，然而今天和我的這他鄉的一遇，彷彿把他的習慣改過來了，我們談了些以藝術作了招牌，拚命的在運動做官做委員的藝術家的行爲。我們又談到了些設了很好聽的名目，而實際上祇在騙取青年學子的學費的藝術教育家的心蹟。我們談到了藝術的眞髓，談到了中國的藝術的將來，談到了革命的意義，談到了社會上的險惡的人心，到了嘆聲連發，不忍再談下去的時候，高亭外的天色也完全黑了。兩人伸頭出去，默默地祇看了一回天上的幾顆早見的明星，我們約定了下次到上海時，再去江灣訪他的畫室的日期，就各自在黑暗裏分手走了。

大約是一天跑路跑得太多了的緣故罷，回旅館來一睡，居然身也不翻一個，好好兒的睡着了。約莫到了殘宵二三點鐘的光景，檻外的不知從那一個廟裏來的鐘聲，儘是當當當當的在那裏慢擊。我起初夢醒，以爲是附近報火的鐘聲，但披衣起來，到室外廊前去一看，不但火光看不出來，就是火燒場中老有的那一種叫噪的人號狗吠之聲也一些兒聽牠不出。庭外如雲如霧，靜浸着一庭殘月的淸光。滿屋沈沈，祇充滿着一種遙夜酣眠的呼吸。我爲這鐘聲所誘，不知不覺，竟扣上了衣裳，步出了庭前，將我的孤零的一身，浸入了彷彿是要黏上衣來的月光海裏。夜霧從太湖裏蒸發起來了，附近的空中，祇是白茫茫的一片。又椏的梅樹林中望過去彷彿是有人立在那裏的樣子。我又慢慢的從飯店的後門，步上了那個梅園最高處的招鶴坪上。南望太湖，也辨不出什麼形狀來，不過祇覺得那面的一塊空闊的地方，彷彿是由千千萬萬的銀絲織就似的，有月光下照的清輝，有湖波返射的銀箭，還有如無卻有，似薄還濃，一半透明，一半黏溼的湖霧湖煙，假如你把身子用力的朝南一跳，那這一層透明的白網，必能悠揚地牽舉你起來，把你舉送到王母娘娘的後宮深處去似的。這是我當初看了那湖天一角的景象的時候的感想，但當萬籟無聲的這一個月明的深夜，幽幽地慢慢地，被那遠寺的鐘聲，當噏當噏的接連着幾回有韻律似的催告，我的知覺幻想，竟覺得漸漸地漸漸地麻木下去了，終至於什麼也不想，什麼也不幹，兩隻脚柔軟地跪坐了下去，眼睛也祇同呆了似的釘視住了那悲哀的殘月不能動了。宗敎的神祕，人性的幽幻，大約是指這樣的時候的這一種心理狀態而說的罷，我像這樣的和耶穌敎會的以馬內利的聖像似的，被那幽婉的鐘聲，不知魘伏了許多時，直到鐘聲停住，木魚聲發，和尚——也許是尼姑——的念經念咒的聲音幽幽傳到我耳邊的時候，方纔挺身立起，囘到了那旅館的居室裏來，這時候大約去天明總也已經不遠了罷？

囘房不知又睡着了幾個鐘頭，等第二次醒來的時候，前窗的帷幔縫中卻漏入了幾行太陽的光線來。大約時候總也已不早了，急忙起來預備了一下，吃了一點點心，我就出發到太湖湖上去。天上雖各處飛散着雲層，但晴空的缺處，看起來仍可以看得到底的，所以我知道天氣總還有幾日好晴。不過太陽光太猛了一點，空氣裏似乎有多量的水蒸汽含着，若要登高處去望遠景，那像這一種天氣是不行的，因爲晴而不爽，你不能從厚層的空氣裏辨出遠處的寒鴉林樹來，可是祗要看看湖上的風光，那像這樣的晴天也已經是盡夠的了。並且昨晚上的落日沒有看成，我今天卻打算犧牲牠一天的時日，來試試太湖裏的遠征，去找出些前人所未見的島中僻景來，這是當走出園門，打楊莊的後門經過，向南走入野田，在走上太湖邊上去的時候的決意。

太陽升高了，整潔的野田裏已有早起的農夫在闢土了。行經過一塊桑園地的時候，我且看見了兩位很修媚的姑娘，頭上罩着了一塊白布，在用了一根竹桿，打下樹上的已經黃枯了的桑葉來。聽她們說這也是蠶婦的每年秋季的一種工作，因爲枯葉在樹上懸久了，那老樹的養分不免要爲枯葉吸幾分去，所以打牠們下來是很要緊的，並且黃葉乾了，還可以拿去生火當柴燒，也是一舉兩得的事情。

在野田裏的那條通至湖濱的泥路上面鋪着的儘是些細碎的介蟲殼兒，所以陽光照射下來，有幾處雖祇放着明亮的白光，但有幾處簡直是在發虹霓似的彩色。

像這樣的有朝陽曬着的野道，像這樣的有林樹小山圍繞着的空間，況且頭上又是青色的天，脚底下並且是五彩的地，飽吸着健康的空氣，擺行着不急的脚步，朝南的走向太湖邊去，眞是多麼美滿的一幅淸秋行樂圖呀！但是風雲莫測，急變就起來了，因爲我走到了管社山脚，正要沿了那條山脚下新闢的步道走向太湖旁的一小灣，俗名五里湖濱的時候，在山道上朝着東面的五里湖心，卻有兩位著武裝背皮帶的同志和一位穿長袍馬褂的先生立在那裏看湖面的扁舟。太陽光直射在他們的身上，皮帶上的鍍鎳的金屬，在放異樣的閃光。我毫不留意地走近前去，而聽了我的脚步聲將頭掉轉來的他們中間的武裝者的一位，突然叫了我一聲，吃了一驚我開張了大眼向他一看，原來是一位當我在某地敎書的時候的從前的學生。

他在學校裏的時候本來就是很會出風頭的，這幾年來際會風雲，已經步步高昇成了黨國的要人了，他的名字我也曾在報上看見過幾多次的，現在突然的在這一個地方被他那麽的一叫，我眞駭得顏面都變成了土色了，因爲兩三年來流落江湖，不敢出頭露面的結果，我每遇見一個熟人的時候，心裏總要怦怦的驚跳。尤其是在最近被幾位滿含惡意的新聞記者大書了一陣我的叛黨叛國的記載以後，我更是不敢向朋友親戚那裏去走動了。而今天的這一位同志，卻是黨國的要人，現任的中委機關裏的常務委員，若論起罪來，是要從他的手中發落的，寃家窄路，這一關叫我如何的偷逃過去呢？我先發了一陣抖，立住了脚呆木了一下，既而一想，橫豎逃也逃不脫了，還是大着膽子迎上去罷，於是就立定主意保持着若無其事的態度，前進了幾步，和他握了握手。

『啊！怎麽你也會在這裏！』我很驚喜似地裝着笑臉問他。

『眞想不到在這裏會見到先生的，近來身體怎麽樣！臉色很不好哩！』他也是很歡喜地問我。看了他這態度，我的膽子放大了，於是就造了一篇很圓滿的歷史出來報告給他聽。

我說因爲身體不好，到太湖邊上來養病已經有二年多了，自從去年夏天起，並且因爲閑空不過，就在這裏聚攏了幾個小學生來在教他們的書，今天是禮拜，所以纔出來走走，但吃中飯的時候卻非要囘去不可的，書房是在城外××橋××巷的第××號，我並且要請他上書房去坐坐，好細談談別後的閑天，我這大膽的謊語原也已經聽見了他這一番來錫的任務之後纔敢說的，因爲他說他是來查勘一件重大黨務的，在這太湖邊上一轉，午後還要上蘇州去，等下次再有來無錫的機會的時候再來拜訪，這是他的遁辭。

他爲我介紹了那另外的兩位同志，我們就一同的上了萬頃堂，上了管社山，我等不到一碗清茶泡淡的時候，就設辭和他們告別了。這樣的我在驚恐和疑懼裏，總算訪過了太湖，遊盡了無錫，因爲中午十二點的時候我已同逃獄囚似的伏在上行車的一角裏在喝壓驚的『苦配』啤酒了。這一次遊無錫的回味，實在也同這啤酒的味兒差彷不多。

一九二八年十一月作者在途中記

國道飛車記

兩浙的山水，差不多已經看到十之七八了，只有杭州北去，所謂京杭國道的一帶，自從汽車路修成之後，却終於沒有機會去遊歷。像莫干山，像湖州，像長興等處，我去的時候，都係由拱宸橋坐小火輪而去，至今事隔十餘年，現在汽車路新通，當然又是景象一變了，因而每在私私地打算，想幾時騰出幾日時間來，從杭州向北，一直的到南京為止，再去試一番混沌的遊行。

七月二十一日，亦卽陰歷六月下旬的頭一天，正當幾日酷暑後的一個伏裏的星期假日，趙公夫婦，先期約去宜興，看善卷，庚桑兩洞的創製規模；有此一對好游侶，自然落得去領略領略祝英台的故宅，張道陵的仙岩了。所以早晨四點鐘的時候，就性急慌忙地立向了蒼茫的晨色之中，像一隻鶴樣，伸長了頭，儘在等待着一九五號汽車的喇叭聲來。

六點多鐘到了旗下，和朱惠淸夫婦，一共三對六人，擠入了一輛培克轎車的中間出武林門，過小河寨，走上兩旁有白楊樹長着的國道的時候，大家只像是籠子裏放出來的小鳥，嘻嘻哈哈，你說一聲『這風景多麼好啊！』我唱一句『青山綠水常在面前！』把所有的人生之累，都撒向汽車後面的灰塵裏去了。

飛跑了二三十分鐘，面前看見了一條澄碧的清溪，溪上有一圍小山，山上山下更有無數的白壁的人家，倒映在溪水的中流，大家都說是瓶窰到了；是拱宸橋以北的第一個大鎮，也就是杭州屬下四大鎮中間的一個。前兩個月，由日本庚款中撥錢創設的上海自然科學研究所所長中尾博士來浙江調查地質，曾對我說過瓶窰是五百年前窰業極盛的地方；雖則土質不十分細緻，但若開掘下去，也還可以掘出許多有價值的古瓶古碗來。車從那條架在苕溪溪上的木橋上駛過，我心裏正在打算想回來的時候，時間若來得及，倒也可以下車去看看，這瓶窰究竟是一個怎麼樣的地方。

當這一個念頭正還沒有轉完，汽車到了山後，却遲遲遲地突然發出了幾聲異樣的響聲。勃來克一攀，車殺住了；車夫跳下去檢查了一下，上來再踏；車身竟擺下了架子，再也不肯動了；我們只能一齊下來，在野道旁一處車水的地方暫息了一下塵身。等車夫上瓶窰公路車站去叫了機器師來檢查的時候，我們已經吃完了幾個茶葉蛋兩杯黃酒，和三個梨兒；而四周的野景，南面的山坡，和一池淺水，數簇疏林，還不算是正式的下酒之物。

唱着自然的大道之歌，和一羣聚攏來看熱鬧的鄉下頑童，亭落呵落地將汽車倒推了車站的傍邊，趙公夫婦就忙去打電話叫汽車；不負責任的我們四人，便幸災樂禍，悠悠地踏上了橋頭，踏上了後窰的街市，大嚼了一陣油條燒餅炒豆黃金瓜。好容易把電話打通，等第二乘汽車自杭州出發來接替的中間，我們大家更不忙不怕，在四十幾分鐘之內，遊盡了瓶窰鎮上磨子心，橫街等最熱鬧的街市，看遍了四面有綠水迴環着的迴龍寺的伽藍。

當第二乘接替的汽車到來，喇叭吹着，催我們再上車去的一刻，我們立在迴龍寺東面的小橋欄裏看看寺後的湖光，看看北面湖上的羣山，更問問上這寺裏來出家養老要出幾百元錢纔可以買到一所寮房的內部組織，簡直有點兒不想上車，不想再回到紅塵人世去的樣子。

因爲在瓶窰躭誤了將近兩小時的工夫，怕前程路遠，晚上趕不及囘到杭州，所以汽車一發，就拚命地加緊了速度；所以駛過湖州，駛過煙波浩蕩的太湖邊上，都不曾下來擁鼻微吟，學一學騷人雅士的流連風景。但當走過江浙交界的界碑的瞬間，與過國道正中途太湖湖上有許多妨礙交通的木牌坊立着的一霎那，大家的心裏也莫名其妙的起了一種感慨，這是人類當自以爲把『無限』征服了的時候，必然地要起來的一種感慨。宇宙之中，最顯而易見的『無限』的觀念，是空間與時間；人生天地間，與無限的時間和空間來一較量，實在是太渺小太可憐了；於是乎就得想個法子出來，好讓大家來自慰一下。所以國界省界縣界等等，就是人類憑了淺薄的頭腦，想把無限的空間來加以限制的一種小玩意兒；里程的記數，與夫山川界路的劃分，用意雖在保持私有財產的制度，但實際卻可以說是我們對於『無限』想加以征服的企圖。把一串不斷的時間來劃成年，分成月，更細切成日與時與分，其用意也在乎此，就是數的設定，也何嘗不是出於這一種人類的野心？因爲徑寸之木，以二分之便一輩子也分不完，一加一地將數目連加上去，也同樣一輩子都加不盡的。

車過太湖，於受到了這些說不出理由的感動之外，我們原也同做夢似地從車窗裏看到了一點點風景。烈日下閃爍着的汪洋三萬六千頃的湖波，以及老遠老遠浮在那裏的馬蹟山洞庭山等的島影，從飛馳着的汽車窗裏遙望過去，卻像是電影裏的外景，也像是走馬燈上的湖山。而正當京杭國道的正中，從山坡高處，在土方堤下看得見的那些草舍田疇，農夫牛馬，以及靑靑的草色，矮矮的樹林，白練的湖波，蜿蜒的溪谷，更像是由一位有藝術趣味的模型製作家手揑出來的山谷的縮圖。

從國道向西叉去，又在高低不平的新築支路上疾馳了二三十分鐘，正當正午，車子卻到了善卷洞外了。

善卷洞外的最初的印象？是一排不大有樹木的小山，和許多顏色不甚調和的水泥亭子及洋房。雖說是洋房，但洞口的那一座大建築物，圖樣也實在眞壞；或許是建築未完，佈置未竣，所以給來遊的人的最初印象，不甚高明；但洞內的水門汀路，及巖壁的開鑿等工程，也着實還有些可以商量的地方。在我們這些曾經見過廣西的巖洞，與北山三十六洞天的遊客看來，覺得善卷洞也不過是一個尋常的山洞而已，可是儲先生的苦心經營，化了十餘萬塊錢，直到現在也還沒有完工的那一種毅力，卻眞値得佩服得很。善卷洞的最大特點，是由洞底流向後山出口的那一條洞裏的暗水，坐坐船也有十幾分鐘好走；穿出後山，豁然開朗，又是一番景象了，這一段洞裏的行舟，倒眞是不可埋沒的奇趣。我們因爲到了洞裏，大家都同餓狠似地感到了饑餓，并且下午囘來還有二三百里的公路要跑，所以在善卷洞中只匆匆看了一個大概。附近的古蹟，像祝英台的墳和故宅，上面有一塊吳天璽元年封禪國碑立着的國山等處，都沒有去；而守洞導遊的一羣貌似匪類的人，只知敲竹槓，不知領導遊客，說明歷史的種種缺點，更令我們這六位塞飽了麵包和罐頭食物的假日旅行者，各催生了可嫌的嘔吐。竹槓原也敲得並不很大，但使用一根手杖，坐一坐洞裏的石磔，甚而至於舒一舒下氣，都要算幾毛幾分的大洋，卻眞有點兒氣人。

從善卷洞出來，大約東面離洞口約莫有十里地左右的路旁我們又偶然發現了一個芙蓉古寺。這寺據說是唐代的名刹，像是近年來新行修理的樣子；四圍的樹木，門外的小橋，寺東面的一座潔淨的客廳，都令人能夠發生一種好感；而臨走的時候，對於兩毫銀幣的力錢的謝絕，尤其使我們感到了僧俗的界別；因爲看和尙的態度，倒並不是在于嫌憎錢少，却只是對於應接不周的這件事情在抱歉的樣子。

再遵早晨進去的原路出來，走到了一處有牌坊立着的三叉路口，是朝南走向庚桑亦卽張公洞去的支路了，路牌上寫着，有三公里多點的路程。

張公洞似乎已經由儲先生完全整理好了，我們車到了後洞的石級之前，走上了對洞口的那一扇門前坐下，撲面就感到了一陣冷氣，凉隱隱，潮露露，立在那一扇造在馬鞍小嶺上的房屋下的圓洞門前，發着抖更向下往洞口一看，從洞裏哼出來的，却是一層雲不像雲煙不似煙的凉水蒸氣。沒有進洞，大家就高興極了，說這裏眞是一塊不知三伏暑的極樂世界。喝了幾口茶，換上了套鞋，點着油燈，跟着守洞的人，一層一層的下去；大家的肌膚上就起了鷄粒；等到了海王廳的大柱下去立定，舉頭向上面前洞口瞭望天光的時候，大家的話聲都嗡嗡然變成了怪響。第一是鼻頭裏凝住了鼻液，傷起風來了，第二是因爲那一個圓形的大石蓋，幾百丈方的大石蓋．對說話的人聲，起了回音。脚力强健的趙公夫婦，還下洞底裏去看了水中的石柱，上前洞口去着天光，我們四個却只在海王廳裏，飽吸着蝙蝠的大小便氣，高聲亂唱了一陣京調，因而嗡嗡的怪響，也同潮也似地漲滿了全洞。

從庚桑洞出來，已經是未末申初的時刻了，但從支路駛回國道，飛馳到湖州的時候，太陽還高得很。於是大家就同聲一致，決定走下車去，上碧浪湖頭去展拜一回英士先生的墳墓。道場山上的塔院，湖州城裏的人家，原也同幾十年前的樣子一樣，沒有什麼改易，可是碧浪湖的湖道，却淤塞得可觀，大約再過幾十年，就要變得像大明湖一般，漲成一片的水田旱道無疑了；滄海變桑田，又何必麻姑纔看得見，我就可以算是一個目睹着這碧浪湖淤塞的老壽星。

囘來的路上，大約是各感到了疲倦的結果，兩個多鐘頭，坐在車子裏面，竟沒有一個人發放一點高深的宏論；直到七點鐘前，車到旗下，在朱公館洗了一洗手臉，徒步走上湖濱菜館去吃飯的中間，朱公纔用了文言的語氣，做了一篇批評今天的遊蹟的奇文，終於引得大家哈哈地發了笑，多吃了一碗稀飯，總算也是這一次遊行的一個偉大的結局。

『且夫天下事物，有意求之，往往不能得預定的效果；而偶然的發生，則枝節之可觀，每有勝於根幹萬倍者。所謂有意栽花花不活，無心插柳柳成陰之古語，殆此之謂歟？卽以今日之遊蹤而論，瓶窰的一役，且遠勝於宜興之兩洞；芙蓉的一寺，亦較强於碧浪的湖波；而一路之遙山近水，太湖的倒映青天，囘來過拱埠時之幾點疏雨，尤其是文中的佳作，意外的收成。總而言之，淸遊一日，所得正多，我輩亦大可自慰。若欲論功行賞，則趙公之指揮得體，夫人的輜重備糧，尤堪嘉獎；其次則飛車趕路，輿人之功不可磨；至於吟詩記事，播之遐邇，傳之將來，則更有待於達翁，鄙見如此，質之趙公，以爲何如？』

這一段名議論，確是朱公用了緩慢的湖北官音，隨口誦出來的全文，認爲不忍割愛，所以一字不易，爲之記錄於此。

二十四年七月二十四日

揚州舊夢寄語堂

語堂兄：

『亂擲黃金買阿嬌，窮來吳市再吹簫，簫聲遠渡江淮去，吹到揚州廿四橋。』

這是我在六七年前——紀得是一九二八年的秋天寫那篇感傷的行旅時瞎唱出來的歪詩；那時候的計劃，本想從上海出發，先在蘇州下車，然後去無錫，遊太湖，過常州，達鎮江，渡瓜步，再上揚州去的。但一則因爲蘇州在戒嚴，再則因在太湖邊上受了一點虛驚，故而中途變計，當離無錫的那一天晚上，就直到了揚州城裏。旅途不帶詩韻，所以這一首打油詩的韻脚，是姜白石的那一首小紅唱曲我吹簫的老調，係憑着了車窗看看斜陽衰草，殘柳蘆葦，哼出來的莫名其妙的山歌。

我去揚州，這時候還是第一次；夢想着揚州的兩字，在聲調上，在歷史的意義上，眞是如何地艶麗，如何地夠使人魂銷而魄蕩！

竹西歌吹，應是玉樹後庭花的遺音；螢苑迷樓，當更是臨春結綺等沈檀香閣的進一步的建築。此外的錦帆十里，殿脚三千，后土祠瓊花萬朵，玉鈎斜青塚雙行，計算起來，揚州的古蹟名區，以及山水佳麗的地方，總要有三年零六箇月纔逛得遍。唐宋文人的傾倒於揚州，想來一定是有一種特別見解的；小杜的青山隱隱水迢迢，與十年一覺揚州夢，還不過是略帶感傷的詩句而已，至如『君王忍把平陳業，只換雷塘數畝田』，『人生只合揚州死，禪智山光好墓田』，那簡直是說揚州可以使你的國亡，可以使你的身死，而也決無後悔的樣子了、這還了得！

在我夢想中的揚州，實在太有詩意，太富於六朝的金粉氣了，所以那一次從無錫上車之後，就是到了我所最愛的北固山下，亦沒有心思停留半刻，便匆匆的渡過了江去。

長江北岸，是有一條公共汽車路築在那裏的；一落渡船，就可以向北直駛，直達到揚州南門的福運門邊。再過一條城河，便進揚州城了，就是一千四五百年以來，爲我們歷代的詩人騷客所贊嘆不置的揚州城，也就是你家黛玉的爸爸，在此撇下了孤兒，昇天成佛去的揚州城！

但我在到揚州的一路上，所見的風景都平坦蕭殺，沒有一點令人可以留戀的地方，因而想起了鼂無咎的赴廣陵道中的詩句：

醉臥符離太守亭，別都絃管記曾稱，淮山楊柳春千里，尙有多情憶小勝。（小勝，勸酒女鬟也。）

急鼓鼕鼕下泗州，却瞻金塔在中流，帆開朝日初生處，船轉春山欲盡頭。

楊柳靑靑欲哺烏，一春風雨暗隋渠，落帆未覺揚州遠，已喜淮陰見白魚。

纔曉得他自安徽北部，下泗州，經符離（現在的宿縣）由水道而去的，所以得見到許多景緻，至少至少也可以看到兩岸的垂楊和江中的浮屠魚類。而我去的一路呢，却只見了些道路樹的洋槐，和秋收已過的沙田萬頃，別的風趣，簡眞沒有。連綠楊城廓是揚州的本地風光，就是自隋朝以來的堤柳，也看見得很少。

到了福運門外，一見了那一座新修的城樓，以及寫在那洋灰壁上的三箇福運門的紅字，更覺得興趣索然了；在這一種城門之內的亭臺園囿，或楚館秦樓，那裏會有詩意呢？

進了城去，果然只見到了些狹窄的街道、和低矮的市廛，在一家新開的綠楊大旅社裏住定之後，我的揚州好夢，已經醒了一半了。入睡之前，我原也去逛了一下街市，但是燈燭輝煌，歌喉宛轉的太平景象，竟一點兒也沒有。『揚州的好處，或者是在風景，明天去逛瘦西湖，平山堂，大約總特別的會使我滿足，今天且好好兒的睡牠一晚，先養養我的腳力罷！』這是我自己替自己解悶的想頭，一半也是正心誠意，想驅逐驅逐宿娼的邪念的一道符咒。

第二天一早起來，先坐了黃包車出天甯門去遊平山堂。天甯門外的天甯寺，天甯寺後的重甯寺，建築的確偉大，廟貌也十分的壯麗；可是不知為了什麼，寺裏不見一個和尚，極好的黃松材料，都斷的斷，拆的拆了，像許久不經修理的樣子。時間正是暮秋，那一天的天氣又是陰天，我身到了這大伽藍裏，四面不見人影，仰頭向御碑佛像以及屋頂一看，滿身出了一身冷汗，毛髮都倒豎起來了，這一種陰戚戚的冷氣，教我用什麼文字來形容呢？

回想起二百年前，高宗南幸，自天甯門至蜀岡，七八里路，盡用白石鋪成，上面雕欄曲檻，有一道像頤和園昆明湖上似的長廊甬道，直達至平山堂下，黃旗紫蓋，翠輦金輪，妃嬪成隊，侍從如雲的盛況，和現在的這一條黃沙曲路，只見衰草牛羊的蕭條野景來一比，實在是差得太遠了。當然頹井廢垣，也有一種令人發思古之幽情的美感，所以鮑明遠會作出那篇蕪城賦來；但我去的時候的揚州北郭，實在太荒涼了，荒涼得連感慨都教人抒發不出。

到了平山堂東面的功德山觀音寺裏，吃了一碗清茶，和寺僧談起這些景象，纔曉得這幾年來，兵去則匪至，匪去則兵來，住的都是城外的寺院。寺的坍敗，原是應該，和尚的逃散，也是不得已的。就是蜀岡的一帶，三峰十餘箇名刹，現在有人住的，只剩了這一箇觀音寺了，連正中峰有平山堂在的法淨寺裏，此刻也沒有了住持的人。

平山堂一帶的建築，點綴，園囿，都還留着有一個舊日的輪廓；像平遠樓的三層高閣，依然還在，可是門窗却沒有了；西園的池水以及第五泉的泉路，都還看得出來，但水却乾涸了；從前的樹木花草，假山叠石，幷其他的精舍亭園，現在只剩了許多痕跡，有的簡直連遺址都無尋處。

我在平山堂上，瞻仰了一番歐陽公的石刻像後，只能屁也不放一箇，悄悄的又回到了城裏。午後想坐船了，去逛的是瘦西湖小金山五亭橋的一角。

在這一角清淡的小天地裏，我却看到了揚州的好處。因爲地近城區，所以荒廢也並不十分厲害；小金山這面的臨水之處，幷且還有一位軍閥的別墅（徐園）建築在那裏，結構倘新，大約總還是近年來的新築。從這一塊地方，看向五亭橋法海塔去的一面風景，眞是典麗裔皇，完全像北平中南海的氣象。至於近旁的寺院之類，却又因爲年久失修，談不上了。

瘦西湖的好處，全在水樹的交映，與遊程的曲折；秋柳影下，有紅蓼青蘋，散浮在水面，扁舟擦過，還聽得見水草的鳴聲，似在暗泣。而幾箇灣兒一繞，水面闊了，猛然間闖入眼來的，就是那一座有五箇整齊金碧的亭子排立着的白石平橋，比金鰲玉蝀，雖則短些，可是東方建築的古典趣味，卻完全會萃在這一座橋，這五箇亭上。

還有船孃的姿勢也很優美；用以撐船的，是一根竹竿，使勁一撐，竹竿一彎，同時身體靠上去著力，臂部腰部的曲線，和竹竿的線條，配合得異常勻稱，異常複雜。若當暮雨瀟瀟的春日，雇一個容顏姣好的船孃，攜酒與茶，來瘦西湖上迴遊半日，倒也是一種賞心的樂事。

船回到了天甯門外的碼頭，我對那位船娘，却也有點兒依依難舍的神情，所以就出了一箇題目，要她在岸上再陪我一程。我問她：『這近邊還有好玩的地方沒有？』她說：『還有天甯寺，平山堂。』我說：『都已經去過了。』她說：『還有史公祠。』於是就由她帶路，抄過了天甯門，向東的走到了梅花嶺下。瓦屋數間，荒墳一座，有的人還說墳裏面葬着的只是史閣部的衣冠，看也原沒有什麼好看；但是一部廿四史掉尾的這一位大忠臣的戰績，是讀過明史的人，無不爲之淚下的；況且經過桃花扇作者的一描，更覺得史公的忠肝義膽，活躍在紙上了；我在祠墓的中間立着想着，穿來穿去的走着；竟耽擱了那一位船娘不少的時間。本來是陰沈短促的晚秋天，到此竟垂垂欲暮了，更向東踏上了梅花嶺的斜坡，我的唱山歌的老病又發作了，就順口唱出了這麼的二十八字；

三百年來土一邱，史公遺愛滿揚州；
二分明月千行淚，併作梅花嶺下秋。

★

寫到這裏，本來是可以擱筆了，以一首詩起，更以一首詩終，豈不很合鴛鴦蝴蝶的體裁麼？但我還想加上一箇總結，以醒醒你的騎鶴上揚州的迷夢。

總之，自大業初開邗溝入江渠以來，這揚州一郡，就成了中國南北交通的要道；自唐歷宋，直到清朝，商業集中於此，冠蓋也雲屯在這裏。既有了有產及有勢的階級，則依附這階級而生存的奴隸階級，自然也不得不產生。貧民的兒女，就被他們強迫作婢妾，於是乎就有了杜牧之的青樓薄倖之名，所謂春風十里揚州路者，蓋指此。有了有錢的老爺，和美貌的名娼，則飲食起居（園亭），衣飾犬馬，名歌艷曲，才士雅人（幫閑食客），自然不得不隨之而俱與，所以要腰纏十萬貫，纔能逛揚州者，以此。但是鐵路開後，揚州就一落千丈，蕭條到了極點。從前的運使河督之類現在也已經駐上了別處；殷實商戶，鉅富鄉紳，自然也分遷到了上海或天津等洋大人的保護之區，故而目下的揚州只剩了一個歷史上的剩製的虛殼，內容便什麽也沒有了。

揚州之美，美在各種的名字，如緣揚村，廿四橋，杏花村舍，邗上農桑，尺五樓，一粟庵等；可是你若辛辛苦苦尋到了這些最風雅也沒有的名稱的地方，也許只有一條斷石或半間泥房，或者簡直連一條斷石，半間泥房都沒有的。張陶庵有一冊書叫作『西湖夢尋』，是說往日的西湖，如何可愛，現在却不對了，可是你若到揚州去尋夢，那恐怕要比現在的西湖還更不如。

你旣不敢游杭，我勸你也不必遊揚，還是在上海夢裏想像想像歐陽公的平山堂，王阮亭的紅橋，桃花扇裏的史閣部，紅樓夢裏的林如海以及鹽商的別墅，鄉宦的妖姬，倒來得好些。枕上的盧生，若長不醒，豈非快事。一遇現實，那裏還有 Dichtung 呢！

一九三五年五月

語堂附記：吾脚腿甚壞，却時時想訓練一下。虎邱之夢既破，揚州之夢未醒，故一年來卽有約友同遊揚州之想。日前約大杰達夫同去，忽來此一長函，知是去不成了。不知是未湊足稿費，還是映霞不許。然我仍是要去，不管此去得何罪名，在我總是書上太常看見的地名，必想到一到。怎樣是邗江，怎樣是瓜州，怎樣是廿四橋，怎樣是五亭橋，以後讀書時心中才有個大略山川形勢。卽使平山堂已是一楹一牖，也必見識見識。

南遊日記

十月二十二日，舊曆九月十五日星期一，陰晴，天似欲變。年後陪文伯遊湖一轉且堅約於明晨侵早渡江，作天台雁宕之遊。返家剛過五時，急為上海生生美術公司預定出版之月刊草一隨筆，名「桐君山的再到」；成二千字，所記的當然是前天和文伯去富陽去桐廬一帶所見和所感的種種。但文伯不喜將名氏見於經傳，故不書其名，而只寫作我的老友來杭，陪去桐廬。在桐君山上寫的那一首歪詩亦不鈔入，因語意平淡，無留存的價值。

晚上，向圖書館借得張聯元覺庵所輯天台山全志一部，打算帶去作導游之用。因張志成於康熙丁酉年，比明釋傳燈所編之天台山方外志年代略後，或者山容水貌，與今日的天台更有幾分近似處。

翻閱志書至十時，就上床睡，因明天要起一個大早，渡江過西興去坐車出發。

二十三日，（九月十六）星期二，晴，有霧。六時起床，剛洗沐中，文伯之車，已來門外。急會萃行李，帶烟酒各兩大包，衣服鞋襪一箱，罐頭食品，書籍紙筆，絮被草枕各一捆，都是霞的周到文章，於前夜爲我們兩人備好的。

登車駛至江邊，七點的輪渡未開。行人滿載了三四船之外，還有兵士，亦載得兩船，候輪船來拖渡過江，因想起汪水雲詩：「三日錢塘潮不至，千軍萬馬渡江來！」的兩句。原詩不知是否如此，但古來戰略，似乎都係由隔岸駐重兵，涉江來襲取杭州的。三國孫吳，五代錢武肅王的軍事策略，都是如此。伯顏滅南宋，師次皐亭，江的兩岸亦駐重兵，故德祐宮中有三日錢塘潮不至之嘆。若錢江大橋一築成，各地公路一開通，戰略當然是又要大變。

西興上岸，太陽方照到人家的瓦上，計時當未過八點。在岸旁車站內，遍尋公路局借給我們用的車，終尋不着。不得已，只能打電話向公路局去催，連打兩次，都說五百零九號的雪佛勒車，已於今晨六時過江來了。心裏生了懊惱，覺得首途之日，第一着就不順意，不知此後的台宕之游，結果究將如何。於是就只能上蕭紹長途汽車站旁的酒店裏去喝酒，以澆抑鬱，以等車來。

九點左右，車終於來了，問何以遲至，答係汽車過渡不便之故。匆匆上車，向東南駛去，對柯巖，蘭亭快閣，龍山禹陵，禹穴，東湖，六陵，以及吼山等越中名勝，都遙致了一個敬意，約於他日來重遊。到紹興約十點過，山陰道上的石欄，鑑湖的一曲，及府山上的空亭，只同夢裏的曇花，向車窗顯了一顯面目。

離紹興後，車路兩旁的道路樹頗整齊，秋柳蕭條，搖拽着送車遠去，倒很像是王實甫曲本裏的妙句雜文。由江邊至紹興的曹娥江頭，路向是偏南朝東的，在曹娥一折，沿江上去，車就向了正南。過蒿壩，三界，嵊浦等處，右手是不斷的越中諸山，(嵊山畫圖山等)左手是淸絕的曹娥江水，風景明朗，人家也多富庶，眞是江南的大佳麗地。十二點過剡溪，遙望着嵊縣東門外的嵊山溪亭，下去吃了一次午餐就走。

車入新昌界後，沿東港走了一段，至拔茅班竹而漸入高地，迴旋曲折，到大橋頭，嶺纔繞完。問之建築工人，這叫什麽嶺？工頭說是衞士(或圍寺)嶺，不知是那兩字，他日一翻新昌縣志，當能查出。在這衞士嶺上，已能夠遠遠望見天姥山峰天台山脈了，過關嶺，在天台山中穿嶺繞過，始入天台界。文伯姓王，我姓郁，初入天台山境，只見清溪迴繞，與世隔絕，自然也生了些邪念，但身入山中，前從遠處看見的山峰反不見了，所以就唱出了兩句山歌：「山到天台難識面，我非劉阮也牽情。」因昨天在湖上，文伯曾向霞作過諧謔說：

「明兒我們倆，要扮作劉晨阮肇，合唱一齣上天台了，你怕也不怕。」

午後四時，渡清溪，望赤城山，至天台縣城東北之國清寺宿。寺爲隋時智者禪師所手創，因禪師不及見寺成，只留一隱語說：「寺若成，國卽淸，」故名。規模宏大，僧衆繁多，且設有佛學研究所一處，每日講經做功課不輟，眞不愧是一座天台正宗發源地的大叢林。來陪我們吃夜飯的法師華清，亦道貌秀異，有點像畫裏的東坡。

這一晚，只看了些寺裏的建築，和伽藍殿外的一株隋梅，及豐干橋溪上的半溪明月，八點多鐘，就上床睡了。

二十四日，（九月十七，）星期三，睛爽。晨七時上轎，去方廣寺看「石梁飛瀑。」

初出寺門，向東向北，沿山溪渡嶺過去，朝日方照在谷這一面的山頭。溪水衝擊聲不斷，想係石粱小弱弟日夜嗁號處，兩岸山色也蒼翠如七八月時。間有紅葉，只染成了一二分而已。溪盡山亦一轉，又上一條小嶺。小嶺盡，前面又是高山，山上有路亭在脊背，仰望似在天上；一條越嶺的石級路，筆直筆直的穿在這路亭下高山的當中，問之轎夫，說這是金地嶺，是去華頂寺方廣寺必經之路，不得已只好下轎來攀援着走上嶺去。幸而今晨出發的時候，和尙送給了兩枝萬年藤杖擺在轎子裏，到了金地嶺的半當中，纔覺得這籐杖眞有意想不到之效力了。

到了金地嶺頭，上面却是一大平阪。人家點點，村落田疇，都分布得非當匀稱。田稻方熟，金黃尙未割起。回頭一望來處，千丈的谷底，有溪流，有遠樹；還有國淸寺門前的那枝高塔，——傳說是隋時的塔——也看得淸淸楚楚。再向西遠望，是天台縣城西北的鄉間，始豐溪與淸溪灌流的地域，亦就是我們昨天汽車所經過的地方了。嶺上的路，存成了三歧，一枝是我們的來路，一枝向東偏南，望佛隴下太平鄉的台底是高明寺。（立在嶺上寺看得很明白）一枝朝北，再對高山峻嶺走去，經寒風闕陳田洋等處，可到龍王堂，是東去華頂寺，西北至方廣萬年寺的大道。

金地嶺頭，樹叢裏有一個眞覺寺，寺門外立有元和四年的唐碑一塊，寺內大殿裏保存着一座智者大師眞身的骨塔，相傳大師於隋開皇十七年示寂於新昌大佛寺後，他的徒衆搬遺蛻來葬於此地的；傳說中的定光禪師在夢中向智者大師招手之處，亦卽在這嶺頭的一大巖石上，現稱作「招手巖」者是。

在金地嶺頭西北的一大村落，俗稱「塔頭村，」因爲眞覺寺的俗名是塔頭寺，所謂「塔頭」者，係指智者大師的骨塔而言；鄉人無智，謂國淸寺前之塔，係一夜中由仙人移來，塔身已安置好了，只少一塔頭，仙人移塔頭到此，金雞唱了，天已將亮，不得已就只能棄塔頭於此地；現在上國淸寺前那枝塔中去向天一望，頂上果有一個圓洞，看得出天光，像是無頂的樣子；而金地嶺，俗名也叫作「金鷄嶺；」不過鄉人思慮未周，對於塔頭東面的那條銀地嶺，却無法編入到他們的神話裏頭去。

我們到了塔頭村，看到了這高山上的大平原，以及東西南三面的平谷與遠景，已經有點戀戀不忍舍去了；及到了更上一層的俗稱「水磨坑」「落水坑」上的高原地，更不覺絕叫了起來。山上復有山，上一層是一番新景象，一個和平的大村落，有流水，有人家，有稻田與菜圃；小孩們在看割稻，黃白犬在對我們投疑視的眼光，桃花源上更有桃源，行行漸上，迭上三四條嶺，仍不覺得是在山顚，這一點我覺得是天台山中最奇特的地方；將來若要闢天台爲避暑區域，則地點在水磨坑落水坑（陳田洋寒風闕的外台）一帶隨處都是很適宜的。

自金地嶺北去，十五里到龍王堂，又十五里到方廣寺。寺處萬山之中，上嶺下嶺，不知要經過幾條高低的峻路，纔到得了。這地的發現者，是晉曇猶尊者，後傳有五百應眞居此，宋建中靖國元年（一一〇一年）始建寺，復毁於火，紹熙四年（一一九三年）重建。其後興滅的歷史，却不可考了。一谷之中，依山的傾斜位置，造了上方廣，中方廣，下方廣的三個寺。中方廣在石梁瀑布之旁，卽舊曇花亭址。

這深谷裏的石梁瀑布的方向，大約是朝西南的，因過龍王堂後，天下了微雨，我們沒有帶指南針，所以方向辨不清楚。一道金溪，一道不知名的溪，自北自東的直流下來；到了上方廣寺前，中方廣寺側的大磐石上，兩溪會合，滙成了一條縱橫有數十丈寬廣的大河；河向西南流，衝上了一塊天然直立在那裏有點像閘門似的大石。不知經過了幾千萬年，這一塊大石壁的閘門，終被下流之水，衝成了一個弓形的大窟窿。這石窟窿有四五丈寬，丈把來高水經此孔，一沿石直搗下去，就成了一條數十丈高的飛瀑；這就是方廣寺的瀑布與石梁的簡單的說明。

上方廣寺，在瀑布之上；中方廣寺，在瀑布與石梁之旁，登中方廣寺的曇花亭，可以俯視石梁，俯視石梁下的數十丈的飛瀑；下方廣寺，在瀑布下的溪流的南面，從中方廣寺渡石梁，經下方廣寺走下去里把來路，立在瀑布下流的溪旁，向上一看，果然是名不虛傳的一個奇景，一幅有聲有色的小李將軍的濃綠山水畫。第一，脚下就是一條淸溪；溪上半里路遠的地方懸着那一條看上去似乎有萬把丈高的飛瀑；離瀑布五六尺高的空中，忽有一條很厚實很偉大的天然石梁，架在水上，兩頭是連接在石巖之上的；這瀑布與石梁的上面，遠遠還看得見幾條溪流，一簇遠山，與半角的天光；在瀑布石梁及溪流的兩旁，盡是些青青的竹，紅綠的樹，以及黄的墻頭。可惜在飛瀑上樹林裏撑出在那裏的一隻中方廣寺曇花亭的飛角，還欠玲瓏，還欠漂渺一點；若再把這亭的挑角造一造過，另外加上一些合這景緻的朱黄塗漆，那這一幅畫，眞可以說是天下無雙了。

我們在中方廣寺吃了午飯後，還繞了八九里路的道去看了叫作「銅壺滴漏」的一個圍抱在大石圈中狀似大甕的瀑布；順路下去，又看了水珠簾，龍游梘。從銅壺滴漏起，本可以一直向西向南，上萬年寺，上桃源洞去的；但一則因天已垂垂欲暮了，二則我們的預算在天台所費的三日工夫，恐怕不夠去桃源學劉阮的登仙，所以毅然決然，把萬年寺桃源洞等舍去，從一小道，涉溪攀嶺，直上了天台山的最高峰，向華頂寺去借了一夜宿。

二十五日，（九月十八）星期四，晴和。昨夜在寒風與霧雨裏，從後山爬上了華頂。華頂寺雖說是在晉天福元年僧德韶所建，但智者禪師亦嘗宴坐於此，故離寺三里路高的極頂那座拜經台，仍係智者大師的故蹟。據說，天晴的時候，在拜經台上，東看得見海，西南看得見福建界的高山，西北看得見杭州與大盆山脈；總之此地是天台山的極頂，是「醉李白」所說的高四萬八千丈的最高峯；在此地看日出，和在秦山的觀日峯，勞山的勞頂，黃山的最高處看日出一樣，是天下的奇觀。我們人雖則小，心倒也很雄大，在前一晚就和寺僧們說：「明天天倘使晴，請於三點鐘來叫醒我們，好去拜經台看一看日出。」

到了午前的三點，寺裏的一位小工人，果然來敲房門了。躺在厚棉被裏倘覺得冷徹骨髓的這一個時候，眞有點怕走出床來；但已有成約在先，自然也不好後悔，所以只能硬着頭皮，打着寒噤從煤油燈影裏爬起了身。洗了手面，喝了一斤熱酒，更飽吃了一碗麵，身上還是不熱。問那位小工人，日出果然是看得見的麼？他也依違兩可，說：「現在還有點霧，若霧收得起，太陽自然是看得見的。」說着也早把華頂禪寺的燈籠點上了，我們沒法，就只好懶懶地跟他走出門去。一陣陣的冷風，一塊塊濃霧儘，從黑暗裏撲上我們的身來；燈籠上映出了一個霧圈，道旁的樹影，黑黝黝地呈着些奇形怪狀，像是地獄裏的惡鬼。忽而一陣大風，將雲層霧障吹開一線，下弦的殘月，就在樹梢上露出半張臉來，我們的周圍也就灰白白地亮一亮。一霎時霧又來了，月亮又不見了，很厚很厚像有實體似的黑暗粘霧之中，又只聽見了我們三人的脚步聲和手杖着地的聲音；寒冷，岑寂，恐怖，奇異的空氣，緊緊包圍在我們的四周，弄得我們說話都有點兒怕說。路的兩旁，滿長着些矮矮的娑羅樹，比人略高一點，寒風過處，樹枝樹葉儘在息列索落的作怪響；自華頂寺到拜經台的三里路，眞走出了我們的冷汗，因爲熱汗是出不出的，一陣風來穿過胴體，衣服身體，都像是不存在的樣子。

到拜經台的厚石墻下，打開了茅篷的門，我們只在蠟燭光和煤油燈光的底下坐着發抖，等太陰的出來。很消沈很幽靜的做早功課的鐘聲梵唱聲停後，天也有點灰白色的發亮了，霧障仍是不開，物體仍舊辨認不大清楚，而看看懷中的表，看時候早已在六點之後；兩人商量了一下，對那小工人又盤問了一囘，知道今天的看日出事歸失敗，只能自認悔氣，立起身來就走。但拜經台後的一座降魔塔，拜經台前的兩塊「台山第一峰」與「智者大師拜經處」的石碑，以及前後左右的許多像城堡似的茅篷，和太白讀書堂，墨池，鉢池等，倒也看的，不過總抵不了這一個早起與這一番冒險的勞苦。

重囘到寺裏，吃了一次早餐，上轎下山，就又經過了數不清的一條條的峻嶺。過龍王堂，仍走原路向塔頭寺去的中間，太陽開朗了起來，因而前面谷裏的遠景也顯得特別的清麗，早晨所受的一肚皮委曲，也自然而然的淡薄了下去。至塔頭寺南邊下山，轎子到高明寺的時候，連明華朗潤的山谷景色都不想再看了，因爲自華頂下來，我們巳經走盡了四十多里山路，大家的肚裏都感着餓了，江山的秀色，究竟是不可以餐的。

高明寺亦係智者大師十二剎之一，唐天佑年間始建，寺傳說大師的發見此地，因他在佛隴講淨名經，忽風吹經去，墜落此處，大師就覺此處是一絕好的寺基；其後寺或稱「淨名」堂，稱翻經者，原因在此，而現名高明寺者，因寺依高明山之故，或者高明山的得名，正爲了此寺，也說不定。

寺裏的寶物，有一件智者禪師的袈裟和一口銅鉢。但都是僞造的東西了；只有幾葉貝葉經，和陀羅尼經四卷，倒是眞的，我們不過不知道這兩種經是那一朝的遺物而已。

在高明寺東北六七里地遠的地方，有一處名勝叫「螺溪釣艇」，是幾塊奇岩大石和溪水高山混合起來的景緻，係天台八景之一；本來到了高明，這景是必須去看的，但我們因爲早晨起來得太早，一頓飽飯吃後，疲倦又和陽光在一起，在催逼我們早些重回國清寺去休息，所以也就割棄了這幽深的「螺溪釣艇」，趕了回來。所謂天台八景者，是元曹文晦的創作，其他的七景是：赤城棲霞（赤城山），雙澗迴瀾（國清寺前），華頂歸雲（華頂寺），斷橋積雪（在「銅壺滴漏」近旁），瓊臺夜月（桐柏宮西北），桃源春曉（桃源嶺下），寒岩夕照（天台縣西去大西鄉平鎮二十里）。還有前面曾經說起過的那位編天台山方外志的高僧傳燈，也是高明寺裏的和尚，倒不可不特別提起一聲，因爲寺後的一座無盡燈大師塔院和寺裏的一處楞嚴壇，都是傳燈的遺蹟。

二十六日，（九月十九），星期五，晴暖。遊天台剛兩日，已頗有飽滿之感；今日打算去自闢天地，照了志書地圖，前去搜索桐柏宮附近的勝景。不坐轎，不用人做引導，上午八點，自國淸寺門前，七如來塔並立處坐汽車到何方店。一路上看赤城山，顏色濃紫，輪廓不再像城，因日光在東，我們在陰面看去，所以與午後看時，又覺兩樣。

自何方店向北偏東經何方村而入山，要過好幾次溪。面前的一排山嶂，山中間的一條瀑布，是我們的目的地。山是桐柏嶺，西接瓊台與司馬悔山；瀑布是「桐柏瀑」，瀑身之廣，在天台山各瀑布當中，應稱爲王，「石梁瀑」遠不及牠的大。可惜顯露得很，數十里外在官道上行人就能望見瀑身，因此却少有人注意。從前在瀑布附近，有瀑布寺，有福興觀，現在都只剩了故址。靈異考，載有「華亭王某於三月三日江行，忽見舟中兩道士招之食以粟；旋命黃衣送上岸，乃在天台瀑布寺前，已九月九日矣。」足見從前的人，對此瀑布的幻想，亦同在桃源嶺下差仿不多。

由何方店起，行十里，就到桐柏嶺脚的瀑布旁邊，再上山五里，由桐柏嶺頭落北向西，就是桐柏宮了。這一條桐柏嶺，遠看並不高，走起來可眞有點費力。但一上嶺頭，兩目總得疑神疑鬼的駭異起來；因爲桐柏宮附近的桐柏鄉，縱橫將十里，盡是平疇，也有農村田稻溪流橋梁樹林等的點綴，西北偏東的三面，依舊有高低的山峯圍住；在喘着氣爬上桐柏嶺來的時候，誰想得到在這麼高的山上，還有這一大平原的田園世界呢？又有誰想得到在這高原村落之上，更有比此更高的山峯圍繞在那裏的呢？

桐柏宮是一道觀，面南靜躺在桐柏鄉正中的田野裏。據說，這道觀的由來，係因唐司馬子微承禎隱居於此，故建（唐景雲二年。）宋大中祥符元年，改桐柏崇道觀，當時因宋帝酷信道教，所以在志書上的桐柏崇道觀的記載，實在輝煌得了不得；明初毁於火，現在的道觀，却是清雍正十三年奉敕所建，當時大約也規模宏大，有絕大之石礎石基等存在，彫刻精絕，）現在可眞坍敗不堪，只有一塊御碑尙巍然屹立在殿前敗屋中。還有茱地裏的一塊宋乾道二年四月「尙書省牒白雲昌壽觀文書」碑，字蹟也還看得清。道院西邊，有清聖祠，供伯夷叔齊石像二座，係宋黃道士由京師輦至者，像倘完整，而司馬子微之塑像，已經不在了。兩廡有台郡名賢配享牌位，壁上遊人題詠很多，這道觀西面的一偶，却清幽得很。

我們在桐柏宮吃過中飯，就走上西面三里多地的山頭，去看「瓊台雙闕。」路過五百大神祠，廟小得很，而鄉下人都說是很有靈驗的廟。

瓊台的風景，實在是奇不過。一條半里路寬的萬丈深坑，曲折環繞，有五六里路至十里內外的長。兩岸盡是峭壁，壁上雜生花草矮樹，一個一個的小孔很多，因而壁的形狀愈覺得奇古。立在巖頭，向對面一望，像一幅米襄陽黃庭堅的大草書屏，向脚下一轉眼，可了不得了，直削下去的黑黝黝的石壁，那裏何止萬丈，就說牠千萬丈萬萬丈也不足以形容立在巖上者的戰慄的心境。而這深坑底下，又是什麽呢？是一條綠得來成藍色的水，有兩個潭，據說是無底的，還有所謂雙闕的兩枝石山呢，是從谷底拔地而起，像揚子江中的焦山似地挺立在潭之上，坑的中間。兩闕相連。中間低落像馬鞍，石山上也有草花松樹及幾枝紅葉的柏樹楓樹，顏色配合的佳妙及峻險的樣子，若在畫上看見，保管你不能夠相信，古來說雙闕者，聚訟紛紜，有的說有仙人座的地方，兩峰對峙，就是雙闕；有的說，這深坑的外口，從谷底上望，兩峰壁立，就是雙闕。但這些無聊的名義，去管牠作什麽，我們在仙人座這面的巖頭坐坐，更上一處像半島似地向西突出在谷裏的平面巖峰上爬爬，又驚異，又快活，又覺得舍不得走開，竟消磨了一個下午。循原路回到何方店，上車返國淸寺的時候，赤城山上的日光，只剩得塔頭的一點了。

預備在天台過的三天日期已完，但更幽更遠的西鄉明巖寒巖，及近在目前的赤城山，都還沒有去過。晚上躺在床上，翻閱着徐霞客的遊記及天台山全志裏的王思任（季重）王士性（恆叔）潘耒（稼堂）等的遊天台山記，與天台忍辱居士齊巨山周華的台岳天台山遊記等，我與文伯在討論商量，明天究竟還是坐車到雁宕去呢，還是再留一二日去遊明巖寒巖？雁宕也祇打算住牠三日，若在此地多留一日，則雁宕就須割去一日；徐霞客豈不是也有兩度上天台兩度遊雁宕的記事的麼？我們何不也學學他，留一個再來的後約呢！這是文伯的意見。他住在北平，來一趟頗不容易，我住在浙江，要來馬上可以再來，既然他在那麼的說，我自然是樂於贊同的了。於是就收拾行李等件，草草入睡，預備明天早晨再起一個大早，驅車上雁宕去。

一九三四年十一月三日

雁蕩山的秋月

古人並稱上天台雁蕩；而宋范成大序桂海巖洞志，亦以爲天下同稱的奇秀山峰，莫如池之九華，歙之黃山，括之仙都，溫之雁蕩，夔之巫峽。大約范成大沒有到過關中，故終南華山，不曾提及。我們南遊三日，將天台東北部的高山飛瀑（西部寒巖明巖未去）略一飛遊——並非坐了飛機去遊，是開特快車遊山之意——之後，急欲去雁蕩，一賞鬼工鐫雕的怪石奇巖，與夫龍湫大瀑，十月二十七日在天台國淸寺門前上車，早晨還只有七點。

自天台去雁蕩山所在的樂淸縣北，要經過臨海，黃巖，溫嶺等縣。到臨海（舊章安城）的東南角巾山山下，還要渡過靈江，汽車方能南駛，現在公路局築橋未竣，過渡要候午潮；所以我們到了臨海之後，倒得了兩三個鐘頭的空，去東湖拜了忠逸樵夫之祠，上巾山的雙塔下，看了華胥洞，黃華丹井——巾山之得名，蓋因黃華昇仙落幘於此——等古蹟，到十二點鐘左右，纔乘潮渡過江去。臨海的山容水貌，也很秀麗，不過還不及富春江的高山大水，可以令人悠然忘去了人世。自臨海到黃巖，要經過括蒼山脈東頭的一條大嶺，嶺頭有一個仙人橋站；自後徐經仙人橋至大道地的三站中間，汽車儘在山上曲折旋繞，路線有點像昱嶺關外與仙霞嶺南的樣子：据開車的司機說這一條嶺共有八十四灣，形勢的險峻，也可想而知。

黃巖縣城北，也有一條永江要渡，橋也尚未築成；不過此處水深，不必候潮，所以車子一到，就渡了過去。縣城的東北，江水的那邊，三江口上，更有一枝亭山在俯瞰縣城；半山中有一簇樹，一個白牆頭的廟，在陽光裏吐氣，想來總又是黃岩縣的名勝了，遙望而過。黃岩一縣內，多橘子樹園；樹並不高，而金黃的橘實，都結得累累欲墜，在返射斜陽，車馳過處，風味倒也異樣，很像我年青的時候在日本紀州各處旅行時的光景。

自黃巖經溫嶺到樂清縣的離大荊城南五里路的地方，村名叫作水積，（或名積水？不知是那兩個字，）前臨大海，海中有島，後峙雙旗岡峰，峰中也有疊嶂一排，在暗示着雁蕩的奇峰怪石。遊人到此，已經有點心癢難熬的樣子了，因爲隔一條溪，隔一重山，在夕陽下，早就看得出謝公嶺外老僧送客之類的奇形怪狀的石巖陰影；北來自大溪鎮到此，約有三十餘里的行程。

在雁蕩第一重口外，再渡過那條自石門潭流下來的清溪，西馳七八里，過白溪，到嚮嶺頭，就是雁蕩東外谷的口子，汽車路築到此地爲止，雁蕩到了。

在口外下車，遠望進去，只看見了幾個巉岏的石峯尖。太陽已經快下山了，我們是由東向西而入谷的，所以初走進去的時候，一眼並不看見什麽。但走了半里多上靈岩寺去的石砌路後，渡過石橋，忽而一變，千千萬萬的奇異石壁，都同天上剛掉下去似的，直立在我們的四周；一條很大很大的溪水，穿在這些絕壁的中間，在向東緩流出來。壁來得太高太陡，天祇剩了狹狹的一條縫，日已下山，光線不似日間的充足。石壁的顏色，又都灰黑，壁縫裏的樹木也生得屈曲有一種怪相；我們從東外谷走入內谷去的七八里地路上，舉頭向前後左右望望，幾乎被脅得連口都不敢開了。山容的奇突，大與尋常習見的樣子不同，教人不得不想起詩聖但丁的神曲，疑心我們已經跟了那位羅馬詩人，入了別一個境界。

在龍王廟前折向了北去，頭腦裏對於一路上所見的峰嶂的名目，如猴披衣，蓼花嶂，響嵩門，霞嶂洞，聽詩叟，雙鯉峰之類，還沒有整理得清楚，景色一變，眼前又呈出了一幅更清幽，更奇怪，更偉大的畫本。原來這東內谷裏的向北去靈岩寺谷裏的一區，是雁蕩的中心，也是雁蕩山水傑作裏的頂點。初入是一條清溪，許多樹木與竹林。再進，闢面就是一排很高很長，像羅馬古蹟似的展旗嶂，崛起在天邊，直掛向地下，後方再高處又是一排屏霞嶂，這屏霞嶂前，左右環抱，儘是一枝一枝的千萬丈高的大石柱，高可以不必說，面積之大周圍也不知有多少里；而最奇的，是這些大柱的頭和脚，大小是一樣的，所以都是絕壁，都是圓柱。小龍湫瀑布，也就在靈岩寺西北的一大石峰上，從頂點直瀉下來的奇景。靈岩寺，看過着很小很小，隱藏在這屏霞嶂脚，頂珠峰展旗峰，石屏風（全在寺東）與天柱峰，雙鸞峰，捲圖峰，獨秀峰，卓筆峰（全在寺西）等的中間；地位的好，峰岩的多而且奇，只有永康方岩的五峰書院，可以與牠比比；但方岩只是偉大了一點，緊湊却還不及這裏。

靈巖寺的開闢，在宋太平興國四年，僧行亮神昭爲其始祖，後屢廢屢興；現在的寺，却是數年前，由護法者蔣叔南潘耀庭諸君所募建。蔣君今年夏季去世，潘君現任雁蕩山風景區整理委員，住在寺中當家僧名成圓，亦由蔣潘諸君自寧波去迎來者，人很能幹，具有實際辦事的手腕。

在靈岩寺的西樓住下之後，天已經黑了。先去請教也住在寺中，率領黃岩中學學生來雁蕩旅行的兩位先生，問我們在雁蕩將如何的遊法？因爲他們已在靈岩寺住了三日，打算於明晨出發回黃岩去了。飯後又去請了潘委員來，打聽了一番雁蕩山大概的情形。

雁蕩山的總括，可以約略的先在此地說一說：第一，山在樂淸縣東北九十里，係亘立東西的一排連山，東起石門潭，西迄白巖六十里；北自甸嶺，南至斤竹澗口四十里；自東向西，歷來分成東外谷，東內谷，西內谷，西外谷的四部，以馬鞍嶺爲界而分東西。全山周圍，合外境有四百二十里。雁山北部，更有南閣，北閣谷二區，以溪分界；南閣南至石柱，北至北屛山二里，東至馬嶼，西至會仙峰十六里；北閣村南北二里，東西五里，西北極甸嶺山，爲雁蕩北址。

雁山開山者相傳爲晉諾詎那尊者，凡百有二峰，六十一巖，四十六洞，十八刹，十六亭，十七潭，十三瀑。入遊之路線，有四條，（一）東路從白溪經響嶺頭自東南入谷，就是我們所經之路線。（二）北路由大荆越謝公嶺自東北入谷至嶺峰。（三）南路由小芙蓉經四十九盤嶺自南入谷至能仁寺，從樂清來者率由此。（四）西路從大芙蓉自西南經本覺寺至梅雨潭。

峰之最高者爲百岡尖，高一萬一千五百公尺，雁湖在西外谷運霄嶺上，高九千公尺。這雁蕩山的梗概，是根據潘委員的口述，和廣雁蕩山志及雁山全圖而摘錄下來的；我們因爲走馬遊山，前後只有三日的工夫好費，還要包括出發和到着的日期在內，所以許多風景都只能割愛；晚上就和潘委員在燈下擬定明日只看西石梁的大瀑布，大龍湫瀑，梅雨潭，回至能仁寺午餐。略遊斤竹澗就回靈巖寺宿；出發之日（即第三日）午前一遊淨名寺，至靈峰略看看觀音洞北斗洞等，就出響頭嶺由原路出發回去。北部的絕景中央的百岡尖當然是不能夠去，就如顯勝門，龍溜等處，一則因無時間，二則因無大路無宿處，也只能等下次再來了。這樣擬定了遊程之後，預期着明天的一天勞頓，我們就老早的爬上了床去。

約莫是午前的三四點鐘，正夢見了許多巖壁，在四面移走攏來，幾乎要把我的渺渺五尺之軀，壓成碎粉的時候，忽而耳邊上一陣喇叭聲，一陣嘈雜聲起來了。先以爲是山寺裏起了火，急起披衣，踏上了西樓後面的露台去一看；既不見火，又不見人，周圍上下，只是同海水似的月光，月光下又只是同神話中的巨人似的石壁，天色蒼蒼，只餘一線，四圍岑寂，遠遠地也聽得見些斷續的人聲。奇異，神祕，幽寂，詭怪，當時的那一種感覺，我眞不知道要用些什麼字來纔形容得出！起初我以爲還在連續着做夢，這些月光，這些山影，仍舊是夢裏的畸形；但摸摸石欄，看看那枝誰也要被牠威脅壓倒的天柱石峰與峰頭的一片殘月，覺得又太明晰，太正確，絕不像似夢裏的神情。呆立了一會，對這雁蕩山中的秋月頂禮了十來分鐘，又是一陣喇叭聲，一陣整隊出發報名數的號令聲傳過來了，到此我纔明白，原來我並不是在做夢，是那一批黃巖中學的學生要出發趕上大溪去坐輪船去了！這一批學生的叫喚，這一批靑年的大膽的行爲既救了我夢裏的危急，又指示給我了這一幅淸極奇極的雁山夜月的好畫圖，我的心裏竟莫名其妙的感激起來了，跑下樓去，就對他們的兩位臨走的敎師熱烈地熱烈地握了一囘手；送他們出了寺門以後，我幷且還在月光下立着，目送他們一個個小影子漸漸地被月光巖壁吞沒了下去。

雁蕩山中的秋月！天柱峰頭的月亮！我想就是今天明天一處也不遊，便爾囘去，也儘可以交代得過去，說一聲『不虛此行』了，另外還更希望什麼呢？所以等那些學生們走後，我竟像瘋子一樣一個人在後面樓外的露台上呆對着月光峰影，坐到了天明，坐到了日出，這一天正是舊歷九月二十的晚上廿一的淸晨。

等同去的文伯及偶然在路上遇着成一夥的奧倫斯登科伯爾廠經理畢士敦 Mr. H. H. Bernstein 與戴君起來，一齊上轎，到大龍湫的時候，太陽已經昇得很高，似在巳午之間了。一路上經下靈巖村，三官殿，上靈巖村，過馬鞍嶺。在左右手看了些五指峰，紗帽峰，老鼠峰，貓峰，觀音峰，蓮臺嶂，祥雲峰，小剪刀峰之類，形狀都很像，峰頭都很奇；但因爲太多了，到後來幾乎想向在說明的轎夫討饒，請他不要再說，怕看得太多，眼睛裏腦裏要起消化不良之症。

大龍湫的瀑布，在江南瀑布當中眞可以稱霸，因爲石壁的高，瀑身的大，潭影的清而且深，實在是江浙皖幾省的瀑布中所少有的。我們到雁蕩之先，巳經是旱得很久了，故而一條瀑布，直噴下來，在上面就成了點點的珠玉。一幅眞珠簾，自上至地，有三四千丈高，百餘尺闊；巖頭係突出的，簾後可以通人，立在與日光斜射之處，無論何時，都看得出一條虹影。涼風的颯爽，潭水的清澄，和四圍山嶺的重疊，是當然的事情了，在大龍湫瀑布近旁，這些點景的餘文，都似乎喪失了牠們的價値，瀑布近旁的磨崖石刻，很多很多，然而無一語，能寫得出這大龍湫的眞景。廣雁蕩山志上，雖則也載了不少的詩詞歌賦，來詠嘆此景，但是身到了此間，那裏還看得起這些秀才的文章呢？至於畫畫，我想也一定不能把牠的全神傳寫出來的，因爲畫紙決沒有這麼長，而濺珠也決沒有這樣的勻而且細。

出大龍湫，經瑞鹿峰剪刀峰（側看是一帆峰）下，沿大錦溪過華嚴嶺羅漢寺前，能在石壁的半空中看得出一座石刻的羅漢像。斧鑿的工巧有藝術味，就是由我這不懂雕刻的野人看來也覺得佩服之至。從此經竹林，過一條很高很長的東嶺，遙望着芙蓉峰，觀音巖等。（雁湖的一峰是在東嶺嶺上可以看見的）繞駱駝洞下面至西石梁的大瀑布。

西石梁是一塊因風化而中空下墜的大石梁下有一個老尼在住的庵，西面就是大瀑布。這瀑布的高大，與大龍溪瀑布等，但不同之處，是在牠的自成一景，在石壁中流。一塊數千丈的石壁，經過了幾千萬年的衝擊，中間成了一個圓形大柱式的空洞，兩面圍抱突出，中間是一數丈寬數千丈高的圓洞，瀑布就從上面沿壁在這空圓洞裏直瀉下來。下面的潭，四壁的石，和草樹清溪，都同大龍湫差仿不多。但西面連山，雁蕩山的西盡頭，差不多就快到了，而這瀑布之上，山頂平處，却又是一大村落；山上復有山，世外是桃源的情景，正和天台山的桐柏鄉，曲異而工同。

從西石梁瀑布順原路回來，路上又去看了梅雨潭及潭前的一座含珠峰，仍過東嶺，到了自芙蓉南來經四十九盤嶺可到的能仁寺裏。

還能仁寺在西內谷丹芳嶺下，係宋咸平二年僧全了所建。本來是雁蕩山中的最大的叢林，有一宋時的大鐵鍋在可以作證，現在却蕭條之至，大殿禪房，還都在準備建築中。寺前有燕尾瀑，順溪南流，戍斤竹澗，繞四十九盤嶺，可至小芙蓉；這一路路上風景的清幽絕俗，當爲雁山全景之冠，可惜我們沒有時間，只領略了一個大概，就趕回了靈巖寺來宿。

這一天的旁晚，本擬上寺右的天窗洞，寺左的龍鼻水去拜觀靈巖寺的二奇的，但因白天跑了一天，太辛苦了，大家不想再動。我并且還忘不了今晨似的山中的殘月，提議明朝也於三時起床，踏月東下，先去看了靈峰近旁的洞石，然後去響頭嶺就行出發，所以老早就吃了夜飯，老早就上了床。

然而勝地不常，盛筵難再，第二日早晨，雖則大家也忍着寒，抛着睡，於午前三點起了身，可是淡雲蔽月，光線不明；我們眞如在夢裏似地走了七八里路，月亮纔茲露面。而玩月月光玩得不久，走到靈峰谷外朝陽洞下的時候，太陽却早已出了海，將月光的世界散文化了。

不過在殘月下晨曦裏的靈峯山景也着實可觀着實不錯；比起靈巖的緊湊來，只稍稍覺得疏散一點而已。

靈峯寺是在東谷口內向北兩三里地的地方，東越謝公嶺可達大荆。近旁有五老峯，鬥雞峯，幞頭峯，靈芝峯，犀角峯，菓盒巖，船巖，觀音洞，北斗洞，苦竹洞，將軍洞，長春洞，響板洞諸名勝，順鳴玉溪北上，三里可達眞際寺。寺爲宋天聖元年僧文吉所建，本在靈峯峯下，不知幾百年前，這峯因風化倒了，寺屋盡燬。現在在這倒靈峯下的一塊隙地上，方在構木新築靈峯寺。我們先在菓盒巖的溪亭上坐了一會，就攀援上去，到觀音洞去吃早餐。

兩巖側向中成一洞，洞高二三百丈；最上一層人跡所不能到，但洞中生有大樹一株，係數百年物，枝葉茂盛，從遠處望來了了可見。下一層是觀音洞的選物場，洞中寬廣，建有大殿，并五百應眞的石刻。東面一水下滴成池，叫作洗心泉，旁有明刻宋刻的題名記事碑無數。自此處一層一層的下去，有四五層樓三四百石級的高度；洞的高廣，在雁蕩山當中，以此爲最。最奇怪的，是在第三層右手壁上的一個石佛，人立右手洞底，向東南洞口遠望出去，儼然是一座地藏菩薩的側面形，但跑近前去一看，則什麼也沒有了，只一塊突出的方石。上一層的右手壁上還有一個一指物形狀也極像，不過小得很。

看了靈巖靈峰近邊的峰勢，看了觀音洞（亦名合掌洞）裏的建築及大龍湫等，我們以爲雁蕩的山峰巖洞溪瀑等，也已經大略可以想像得出了，所以旁的地方，也不想再去走，只到北斗洞去打了一個電話，叫汽車的司機早點預備，等我們一出谷口，就好出發。

總之，雁蕩本是海底的奇巖，出海年月，比黃山要新，所以峰巖峻削，還有一點銳氣，如山東勞山的諸峰。今年春間，欲去黃山而未果，但看到了黃山前衞的齊雲白嶽，覺得神氣也有點和靈峰一帶的山巖相像。在迎着太陽走出谷來上汽車去的路上，我和文伯，更在堅訂後約，打算於明年以兩個月的工夫，去歙縣遊遍黃山，北下太平，上青陽南面的九華。然後出長江，息匡廬，溯江而上，經巫峽，下峨嵋，再東下沿漢水而西入關中，登太華以笑韓愈，入終南而學長生，此行若果，那麼我們的志願也畢，可以永永老死在蓬窗陋巷之中了。

一九三四年十一月九日

西遊日錄

一九三四年（甲戌）三月二十八日，（舊二月十四）星期三，大雨，寒冷如殘冬。

晨四時，亂夢爲雨聲催醒，不復成寐；起來讀歙縣黃秋宜少尉黃山紀遊一卷，係前申報館仿宋聚珍版之鉛印本，爲屑玉叢談二集中之一種。這遊記，共二十五頁，記自咸豐九年己未八月二十八日從潭渡出發去黃山，至同年九月十一日重返潭渡間事。文筆雖不甚美，但黃山的偉大，與夫攀涉之不易，及日出，雲昇，松虬，石壁，山洞，絕澗，飛瀑，溫泉諸奇景，大抵記載詳盡。若去黃山，亦可作導遊錄看，故而收在行篋中。

昨日得上海信，知此次同去黃山遊者，還有四五位朋友，膳宿旅費，由建設廳負擔，沿路陪伴者，由公路局派往，奉憲遊山，雖難免不貽——山靈忽地開言道：「小的青山見老爺！」——之譏，然而路遠山深，像我等不要之人，無產之衆，要想作一度壯遊，也頗非易事。更何況脚力不健，體力不佳，無徐霞客之膽量，無阮步兵之猖狂，若語堂，光旦等輩，則尤非借一點官力不行了。

午後四時，大雨中，忽來了一張建設廳的請帖，和秋原增嘏語堂等到杭，現住西湖飯店的短簡。冒雨前去，在西湖飯店樓下先見了一羣文縐縐的同時出發之遊覽者及許多熟人；全葉潘林卻雅興勃發，已上西泠印社，去賞玩山色空濛的淡妝西子了。佇候片時，和這個那個談談天氣與舊遊之地，約莫到了五點，四位金剛，方纔返寓。亂說了一陣，並無原因地哄笑了幾次，我們就決定先去喫私菜，然後再去陪官宴。吃私菜處是寰宇馳名的王飯兒，官宴在湖濱中行別業的大廳上。

私菜吃完，趕至湖濱，中行別業的大廳上，燈燭輝煌，擺滿了五六桌熱氣蒸騰的菜。在全堂哄笑大嚼的亂噪聲中，又決定四十餘人分五路出發；一路去南京蕪湖，一路去天台雁蕩，一路去紹興寧波，一路去杭江沿綫，一路去徽州直至黃山。語堂增嘏光旦秋原，申報館的徐天章與時事新報館的吳寶基兩先生，以及小子，是去黃山者，同去的爲公路局的總稽查金錢甫先生。

遊臨安縣玲瓏山及錢王墓

三月二十九日，星期四，晴。

昨晚雨中夾雪，喝得醉醺醺回來的路上，心裏頗有點兒猶豫；私下在打算，若明天雨雪不止者，則一定臨發脫逃，做一次旅行隊裏的 Renegade，好在不是被招募去的新兵，罪名總沒有的。今晨五六點鐘，探頭向窗帷缺處一望，天色竟靑蒼蒼的晴了，不得已祇好打着呵欠，連忙起來梳洗更衣，料理行篋，趕到湖濱，正及八點，一羣奉憲遊山者，早已手忙脚亂，立在馬路邊上候車子來被搬去了。我們的車子，出武林門，過保俶塔，向秦亭山脚朝西駛去的時候，太陽還剛纔射到了老和山的那一座黃色的牆頭。

宿雨初晴，公路明潔，兩旁人行道上，頭戴着銀花，手提着香籃的許多鄉下的善男信女，一個個都笑嘻嘻的在塵灰裏對我們呆着，於是乎就有了我們這一批遊山老爺的議論。

『中國的老百姓眞可愛呀！』是語堂的感嘆。

『春秋二季是香市，是她們的唯一的娛樂。也可以藉此去遊山玩水，也可以藉此去散發性慾，Pilgrimage 之爲用，眞大矣哉！』是精神分析學者光旦的解釋。

『她們一次燒香，實在也眞不容易。恐怕現在在實行的這計劃，說不定是去年年底下就定下了，私私地在積些錢下來。直到如今，幾個月中間果然也沒有什麼特別事故發生，她們一面感謝着菩薩的靈佑，一面就這麼的不遠千里而步行着來燒香了。』這又是語堂的 Dichtung。

增嘏秋原大約是坐在前面的頭等座位裏，故而沒有參加入車中的議論。一路上的談話，若要這樣的筆錄下來，起碼有兩三部 Canterbury Tales 的分量，然而時非中世，我亦非英文文學之祖，姑從割愛，等到另有機會時再寫也還不遲。

車到臨安之先，在一處山腰水畔，看見了幾家竹籬茅舍的人家。山前山後，茶葉一段段的在太陽光裏吐氣。門前桃樹一株，開得熱鬧如雲，比之所羅門的榮華，當然祇有過之。

騷——這字音雖不雅，但義卻含兩面——與一動，我就在日記簿上寫下了兩行曲蟺似的字。

泥壁茅蓬四五家，山茶初茁兩三芽，天晴男女忙農去，閑殺門前一樹花。

這一種鄉村春日的自在風光，一路上不知見了多少。可惜沒有史梧岡那麼的散記筆法，能替他們傳神寫照，點畫出來，以饗終年不出都市的許多大布爾先生。

臨安縣在餘杭之西，去杭州約百餘里，是錢武肅王的故里；至今武肅王墓對面的那支大功山上，還有一座紀念錢氏的功臣塔建立在那裏。依路局規定的路線，則西來第一處登山，當在臨安縣西十里地的玲瓏山。午前十點左右，車到了臨安站，先教站中預備午飯，我們就又開車，到玲瓏站下來步行。在田塍路上，溪水邊頭，約莫走了兩三里地的軟泥鬆路，纔到了玲瓏山口。

玲瓏山的得名，依縣志所載，則因他「兩峰屹峙，盤空而上，故曰玲瓏。」實在則這山的妙處，是在有石有泉，而又有蘇黃佛印的遊蹤，與夫禪妓琴操的一墓。你試想想，既有山，復有水，又有美人，又有名士，在這裏中國的勝景的條件，豈不是樣樣齊備了麼？玲瓏山的所以比徑山，九仙山更出名，更有人來玩的原因，我想總也不外乎此。還有一件，此山離縣治不遠，登山亦無不便，而歷代的臨安仕宦鄉紳，又樂爲之經營點綴，所以臨安雖祇一瘦瘠的小縣，而此山的規模氣概，也可以與通都大邑的名山相並。地之傳與不傳，原也有幸不幸的氣數存在其間。

入山行一二里，地勢漸高，山徑曲折，係沿着兩峰之間的一條溪泉而上。一邊是清溪，一邊是絕壁。壁巖峻處，半山間有「玲瓏勝境」的四大字刻在那裏。再上是東坡的「醉眠石」，「九折巖。」三休亭的遺址，大約也在這半山之中。壁上的摩崖石刻，不計其數。可惜這山都是沙石岩，風化得厲害，石刻的大半，都已經辨認不清了。最妙的是蘇東坡的那塊「醉眠石，」在山溪的西旁石壁下的路東，長長的一塊方石，橫躺下去，也儘可以容得一人的身長，眞像是一張石做的沙發。東坡的究竟有沒有在此石上醉眠過，且不去管牠，但石上的三字，與離此石不遠的岩壁上的「九折岩」三字，以及「何年僵立兩蒼龍」的那一首律詩，相傳都是東坡的手筆；我非考古金石家，私自想想這些古蹟還是貌虎認牠作眞的好，假冒風雅比之燒琴煮鶴，究竟要有趣一點。還有「醉眠石」的東首也有一塊山石，橫立溪旁，上鐫「琴聲」兩篆字，想係因流水淙淙有琴韻；與「琴操墓」就在上面的雙關佳作，因爲不忍埋沒這作者的苦心，故而在此提起一句。

沿溪摸壁再上五六十步，過合澗泉，至山頂下平坦處，有一路南繞出西面一支峰下。順道南去，到一處突出平坦之區，大約是收春亭的舊址。坐此處而南望，遠近的山峰田野，盡在指顧之間，平地一方，可容三四百人。平地北面當山峰削落處，還留剩一石龕，下覆古石刻像三尊，相傳爲東坡佛印山谷三人遺像，明褚棟所說的因夢得像，因像建碑的處所，大約也就在這裏，而明黃鼎象所記的剩借亭的遺址總也是在這一塊地方了，俗以此地爲三休亭，更訛爲三賢祠，皆係誤會者無疑。

在石龕下眺望了半天，仍遵原路向北向東，過一處棻地裏的碑亭，就到玲瓏山寺裏去休息。小坐一會，喝了一碗茶，更隨老僧出至東面峰頭，過鐘樓後，便到了琴操的墓下。一杯荒土，一塊粗碑，上面祇刻着「琴操墓」的三個大字，繙閱新舊臨安縣志，都不見琴操的事蹟，但云墓在寺東而已，祇有馮夢禎的琴操墓詩一首：

絃索無聲濕露華，白雲深處冷袈裟，三泉金骨知何地，一夜西風掃落花。

抄在這裏，聊以遮遮臨安縣志編者之羞。

同遊者潘光旦氏，是馮小青的研求者，林語堂氏是桃花扇裏的李香君的熱愛狂者，大家到了琴操墓下，就齊動公憤，說臨安縣志編者的毫無見識。語堂且更捏了一本野叟曝言，慷慨陳詞地說：

『光旦，你去修馮小青的墓罷，我立意要去修李香君的墳，這琴操的墓，祇好讓你們來修了。』

說到後來，眼睛就釘住了我們，所謂你們者，是在指我們的意思。因這一段痴話，我倒又寫下了四句狗屁。

山既玲瓏水亦清，東坡曾此訪雲英，如何八卷臨安志，不記琴操一段情。

東坡到臨安來訪琴操事，曾見於茱地裏的那一塊碑文之上，而毛子晉編的東坡筆記裏，（梁廷柟編之東坡事類中所記亦同。）也有一段記琴操的事情說：

「蘇子瞻守杭日，有妓名琴操，頗通佛書，解言辭，子瞻喜之。一日遊西湖，戲語琴操曰：『我作長老，汝試參禪！』琴操敬諾。子瞻問曰：『何謂湖中景？』對曰：『落霞與孤鶩齊飛，秋水共長天一色。』『何謂景中人？』對曰：『裙拖六幅湘江水，鬢挽巫山一段雲。』『何謂人中意？』對曰：『隨他楊學士，鼈殺鮑參軍。』『如此究竟何如？』琴操不答，子瞻拍案曰：『門前冷落車馬稀，老大嫁作商人婦。』琴操言下大悟，遂削髮爲尼。」

這一段有名的東坡軼事，若不是當時好奇者之僞造，則關於琴操，合之前錄的馮詩，當有兩個假設好定：即一琴操或係臨安人，二琴操爲尼，或在臨安的這玲瓏山附近的菴中。

我們這一羣色情狂者還在琴操墓前爭論得好久，纔下山來。再在玲瓏站上車，東馳囘去，上臨安去吃完午飯，已經將近二點鐘了；飯後並且還上縣城東首的安國山（俗稱太廟山）下，去瞻仰了一囘錢武肅王的陵墓。

武肅王的豐功偉烈，載在史册；除吳越備史之外，就是新舊臨安縣志，杭州府志等，記錢氏功業因緣的文字，也要占去大半；我在此地本可以不必再寫，但有二三瑣事，係出自我之猜度者，順便記牠一記，或者也可以供一般研究史實者的考訂。

錢武肅王出身市井，性格嚴刻，自不待言，故唐僧貫休呈詩，有一劍霜寒十四州之句。及其衣錦還鄉，大宴父老時，卻又高歌着「斗牛無孛兮民無欺」等語；酒酣耳熱，王又自唱吳歌娛父老曰：『汝輩見儂的歡喜，吳人與我別是一般滋味子長在我心子裏。』則他的橫征暴斂，專制刻毒，大旨也還爲的是百姓，並無將公帑存入私囊去的傾向。到了他的末代忠懿王錢宏俶，還能簿取於民，使民墾荒田，勿收其稅，或請科賦者，杖之國門，也難怪得浙江民衆，要懷念及他，造保俶塔以資紀念了。還有一件事實，武肅王妃，每歲春必歸臨安，王遺妃書曰，『陌上花開，可緩緩歸矣。』吳人至用其語爲歌。我意此書，必係王之書記新城羅隱秀才的手筆，因爲語氣溫文，的是詩人出口語也。

自錢王墓下回來，又坐車至藻溪。換坐轎子，向北行四十里而至西天目。因天已晚了，就在西天目山下的禪源寺內宿。

遊西天目

三月三十日，星期五，陰晴。

西天目山，屬於潛縣。昨天在地名藻溪的那個小站下車，坐轎向北行三四十里，中途曾過一敎口嶺，高峻可一二十丈。過敎口嶺後，四面的樣子就不同了。嶺外是小山荒田的世界，落寞不堪；嶺內向北，天目高高就在面前，路旁流水清滄，自然是天目山南麓流下來的雙清溪澗，或合或離，時與路會，村落很多，田也肥潤，橋梁路亭之多，更不必說了。經過白鶴溪上的白鶴橋，月亮橋後，路祇在一段一段的斜高上去。入大有村後，已上山路，天色陰陰，樹林暗密，一到山門，在這夜陰與樹影互競的黑暗網裏，遠遠聽到了幾聲鐘鼓梵唱的催眠暗示，一種畏怖，寂滅，皈依，出世的感覺，忽如雷電似的向腦門裏襲來。宗教的神祕作用，奇蹟的可能性，我們在這裏便領略了一個飽滿，一半原係時間已垂暮的關係，一半我想也因一天遊旅倦了，筋骨氣分都已有點酥懈了的緣故。

西天目的開山始祖，是元嘉熙年生下來的吳江人高峯禪師。修行坐道處，爲西峰之獅子巖頭，到現在西天目還有一處名死關的修道處，就係高峰禪師當時榜門之號。禪師的骨塔，現在獅子峰下的獅子口裏。自元歷明，西天目的道場廟宇，全係建築在半山的這獅子峰附近一帶的所謂獅子正宗禪寺者是。元以前，西天目山名不確見於經傳，東坡行縣，也不曾到此，謝太傅遊山屐痕也不曾印及。元明兩代，寺屢廢屢興，直至淸康熙年間，玉林國師始在現在的禪源寺基建高峰道場，實卽元洪喬祖施田而建之雙淸莊遺址。

在陰森森的夜色裏，轎子到了山門，下轎來一看，祇看見一座規模浩大的八字黃牆，牆內牆外，木架橫斜，這天目靈山的山門似正在動工修理。入門走一二里地高一段，進天王殿；再高一段，入韋馱寶殿；又高一段，是有一塊「行道」的匾額掛在那裏的法堂。從此一段一段，高而再高過大雄寶殿，穿方丈居室，曲折旋繞，凡走了十幾分鐘，纔到了東面那間五開間的樓廳上名來青室的客堂裏。窗明几淨，燈亮房深，陳設器具，卻像是上海灘上的頭號旅館，祇少了幾盞電燈，和賣唱賣身的幾個優婆夷耳。

正是舊曆的二月半晚上，一餐很舒適的素菜夜飯吃後，雲破月來，迴廊上看得出寺前寺後的許多青峰黑影，及一條怪石很多的曲折的山溪。溪聲鏗鏘，月色模糊，剛讀完了第二十八回野叟曝言的語堂大師含着雪茄，上迴廊去背手一望，回到爐邊，就大叫了起來說：

這眞是絕好的 Dichtung！

可惜山腰雪滿，外面的空氣尖冷，我們對了這一個淸虛夜境，祇能割愛；吃了些從天王殿的攤販處買來的花生米和具有異味的土老酒後，幾個 Dichter 也祇好抱着委屈各自上牀去做夢了。

侵晨七點，詩人們的夢就爲山鳥的淸唱所打破，大家起來梳洗早餐後，便預備着坐轎上山去遊山。語堂受了一點寒，不願行動，祇想在禪源寺的僧榻上臥讀野叟曝言，所以不去。

山路崎嶇陡削，本是意計中事，但這西天目山的路，實在也太逼側了；因爲一面是千迴百折的淸溪，一面是奇岩矗立的石壁，兩邊都開鑿不出路來，故而這條由細石巨岩叠成的羊腸曲徑，祇能從樹梢頭繞山嘴裏穿。我們覺得坐在轎子裏有三條性命的危險，所以硬叫轎夫放下轎來，還是學着詩人的行徑，緩步微吟，慢慢兒的踏上山去。不過這微吟，到後來終於變了急喘，說出來倒有點兒不好意思。

扶壁沿溪提脚彎腰的上去，過五里亭，七里亭。山爬得愈高，樹來得更密更大，巖也顯得愈高愈奇，而氣候尤變得十分的冷。西天目山產得最多的柳杉樹的幹上針葉上，還留有着點點的積雪，岩石上儘是些水晶樣的冰條。尤其是獅子峰下，將到獅子口高峰禪師塔院快的路上，有一塊倒覆的大岩石，橫廣約有二三十丈，在這岩上倒掛在那裏的一排冰柱，直是天下的奇觀。

到了獅子口去休息了數刻鐘，從那茅蓬的小窗裏向南望了一下，我們方纔有了爬山的自信。這獅子口雖則還在半山，到西天目的絕頂「天下奇觀」的天柱峰頭，雖則還有十幾里路，但從獅子口向南一望，已經是漂渺凌空，巨岩小阜，煙樹雲溪，都在脚下；翠微岩華石峰旭日峰下的那一座禪源大禪寺，祇像似畫裏的幾點小小的山齋，不知不覺，我們早已經置身在千丈來高的地域了。山茶清釅，山氣沍寒，山僧的談吐，更加是幽閑別致，到了這獅子口裏，展拜展拜高峰禪師的墳墓，翻閱翻閱西天目祖山志上的形勝與藝文，這裏那裏的指點指點，與志上的全圖對證對證，我們都已經有點兒樂而忘返，想學學這天目山傳說中最古的那位昭明太子的父親，預備着把身體捨給了空門。

說起了昭明太子，我卻把這天目山中最古的傳說忘了，現在正好在這裏補敍一下。原來天目山的得名，照萬曆臨安縣舊志之所說，是在「縣西北五十里。卽浮玉山，大藏經謂爲宇內三十四洞天，名太微元蓋之天。太平寰宇記曰：水緣山曲折，東西互源若兩目，故曰天目，西目屬於潛，東目屬臨安。梁昭明太子，以葬母丁貴嬪，被宮監鮑邈之譖，不能自明，遂慚憤不見帝（武帝），來臨安東天目山禪修，取漢及六朝文字遴之，爲文選二十卷，取金剛經分爲三十二節，心血以枯，雙目俱瞽，禪師誌公導取石池水洗之，一目明；復於西天目山取池水以洗之，雙目皆明。不數年，帝遣人來迎，兵馬候於天目山之麓，因建寺爲等慈院。」

這一段傳說，實在是很有詩意的一篇宮闈小說：大約因爲牠太有詩意了罷，所以臨安志於潛志，都詳載此事，藉做裝飾。結果弄得東天目有洗眼池，昭明寺，太子殿，分經臺，西天目也同樣的有洗眼池，昭明寺，太子殿，分經臺。文人活在世上，文章往往不值半分錢，大抵饑餓以死。到了肉化成炭，骨變成灰的時候，卻大家都要來攀龍附鳳，爭奪起來了，這豈眞是文學的永久性的效力麼？分析起來，我想唯物的原因，總也是不少的。因爲文人活着，是一樣的要吃飯穿衣生兒子的，到得死了幾百年之後，則物的供給，當然是可以不要。提一提起某曾住此，某曾到此，活人倒可以吸引遊客，占幾文光；和倘道士，更可以藉此去募化騙錢，造起莊嚴燦爛的寺觀寶剎來，這若不是唯物的原因又是什麼？

從獅子口出來，看了千丈岩，獅子岩，緣山徑向東，過樹底下有一泓水在的洗鉢池，更繞過所謂「樹王」的那一顆有十五六抱大的大杉樹，行一二里路，就到了更上一層的開山老殿。這自獅子口至開山殿的山腰上的一段路都平坦，老樹奇石多極，寬平廣大的空基也一塊一塊的不知有多少，前面說過的西天目古代的寺院，一定是在這一帶地方的無疑，開山老殿或者就是獅子正宗禪寺，也說不定。開山殿後軒，掛在那裏的一塊徐世昌寫的「大樹堂」大字匾額，想係指「樹王」而說的了。實際上，這兒的大樹很多，也並不能算得唯一的希奇景致，西天目的絕景，卻在離開山老殿不遠，向南突出去的兩支巖鼻上頭。從這兩支岩鼻上看下去的山谷全景，纔是西天目的唯一大觀；語堂大師到了西天目，而不到此地來一賞附近的山谷全景，與陡削直立的峭壁奇岩，纔叫是天下的大錯，纔叫是Dichtung 反滅了 Wahrheit！

岩鼻的一支，是從開山殿前稍下向南懸空拖出約有一里地長的獨立奇峰，即和尚們所說的「倒掛蓮花」的那一塊地方。所謂「倒掛蓮花」者，係一簇百丈來高的岩石，凌空直立在那裏看起來像一朵蓮花。這蓮花的背後，更有一條絕壁，約有二百丈高，和蓮花的一瓣相對峙立在壁下向上看出去，祇有一線二三尺寬的，天白茫茫的照在上。面蓮花石旁，離開幾尺的地方，又有一座石臺，上面平坦，建有一個八角的亭子。在去這亭子的路東，奇岩一簇，也像是向天的佛手，兀立在深谷的高頭上。這佛手指頭，去向南一展望，則幾百里路內的溪谷，人家，小山，田地，都看得清清楚楚；一條一條的谷，一縷一縷的溪，一隴一塢的田，拿一個譬喻來說，極像是一把倒垂的扇子；扇骨就是由西天目分下去餘脈，扇骨中間的白紙，就是介在兩脈之間的溪谷與鄉村，還有畫在這扇子上面的名畫，便是一幅菜花黃桃花紅李花白山色樹木一抹靑靑的極細巧的工筆畫！

其他的一支岩鼻，就是有一個四面佛亭造在那裏的一條絕壁，比「倒掛蓮花」位置稍東一點，與「倒掛蓮花」隔着一個萬丈的深谷遙遙相對。從四面佛亭向東向南看下去的風景，和在「倒掛蓮花」所見到的略同。不過在這一個岩鼻上，可以向西向下看一看西天目山境內的全山和寺院，這也是一點可取的地方。

從四面佛的岩鼻，走回來再向東略上，到半月池。再東去一里，是龍潭（或稱龍池，是東關望夫石等地方了，我們因爲肚子餓，脚力也有點不繼，所以祇到了半月池爲止。

在開山殿裏吃過午飯，慢慢走下山來，走了三五里路，從山腰裏向東一折，居然到了四面佛絕壁下的一塊平地的上面。這地方名東塢坪，禪源寺的始建者玉林（亦作琳）國師的塔院，就在這裏，墓碣題爲『三十一世玉琳琇法師之塔院。』

由東塢坪再向西向南的下山，到了五里亭，仍上來時的原路；回到昨晚的宿處禪源寺，已經是午後四點多鐘了。重遇見了語堂，大家就都誇大幾百倍地說上面風景的怎麽好怎麽好，不消說在 Wahrheit 上面又加了許許多多的 Dichtung，目的不外乎想使語堂發生點後悔，這又是人性惡的一個證明。但語堂也是一位大Dichter，那裏肯甘心示弱，於是乎他也有了他的迭希通。

晚上當然仍留禪源寺的客房裏宿。

在西天目這禪源寺裏化去了兩夜和一天，總算也約略的把西天目的面貌看過了。

但探勝窮幽，則完全還談不上。不過袁中郎所說的飛泉，奇石，菴宇，雲峰，大樹，茶筍的天目六絕，我們也都已經嘗到。祗因雷雨不作，沒有聽到如嬰啼似的雷聲，卻是一恨。光旦，增嘏輩亦是好勝者流，說：「袁中郎總沒有看到冰柱！」這話倒眞也不錯。

西天目禪源寺有田產極多，故而每年收入也不少；檀家的施捨，做水陸的收入，少算算一年中也有十餘萬元。全山的茅蓬，全寺的二三百僧侶，吃飯穿衣是當然不成問題的。至於寺內的組織，和和尚的性慾問題等，大約是光旦的得意題目，我在此地，祗好略去。

遊東天目

三月三十一日，星期六，晴而不朗。

晨八時起牀，早餐後，坐轎出禪源寺而東去；渡蟠龍橋，涉朱頭陀嶺，過旭日峰而下至一谷，沿溪行，是發源於泥嶺北坑的東關谿的支流。昨天自「倒掛蓮花」看下來的扇中的一谷，就是這裏的嘉德前鄉等地方，到了此地，我們的一批人馬，已成了扇子畫上的人物了。天目兩山相距約三十餘里，自西徂東，經六角嶺（俗稱）門嶺等險峻石山，然後到東天目西麓的新谿。東山下有一個昭明庵在，下轎小息，看了一塊古文選樓的匾額和一座小小的太子塔，再上山行十里，就可以看得見東天目昭明禪院的鐘樓與分經台。

我們這一次來，係由藻溪下車，先至西天目而倒行上東天目的，若欲先上東天目去，則應在化龍站下車，北行三十里卽達。總之，無論先東後西，或先西後東，若欲巡拜這兩座名山，而作浙西之暢遊者，那一個兩山之間的大谷，與三條嶺，數條溪，四五個村莊，必須經過。桃李松杉，間雜竹樹；田地方方，流水繞之；三面高山，向南低落，南山隱隱，若臣僕之拱北宸，說到這一個東西兩天目之間的鄉村妙景，倒也着實有點兒可愛。

從昭明庵東上的那一條天目山脚，俗稱老虎尾巴，到五里亭而至一小山之脊。從此一里一亭，盤旋上去，經過拚虎石，碎玉坡而至螺獅旋的路側，就看得見東面白龍池下的那個東崖瀑布了。這瀑布懸兩峰之間，老遠看過去，還有數丈來高，瀑聲隱隱，若雷鳴，但可望而不可卽，我們因限於日期，不能慢慢的去尋幽探險，所以對於這東崖瀑布，祇在路上遙致了一個敬禮。

螺獅旋走完向一支山角拐過，就到了東天目山門外的西嶺垂虹，實在是一幅畫樣的美景。行人到此，一見了這銀河落九天似的飛瀑，瀑身左右的石壁，以及瀑流平處架在那裏的橋亭——名垂虹橋亭——總要大吃一驚，以爲在如此高高的高山中，那裏會有這樣秀麗清逸，縹渺的瀑布和建築的呢？我們這一批難民似的遊山者，到了瀑布潭邊，就把饑餓也忘了，疲倦也丟了，文縐縐的詩人模樣做作也脫了；蹲下去，跳過來，竟大家都成了頑皮的小孩，天生的蠻種，完全恢復了本來的面目。等到先到寺裏的幾位招呼我們的人出來、叫我們趕快去吃午飯的時候，我們纔一步一回頭地離開了那一條就在山門西面的懸崖瀑布。

離瀑布，過垂虹，拾級而登，在大樹夾道的山門內徑上走里把來路，再上一層，轉一個灣，就到了昭明禪院的內殿。我們住的客堂，亦即方丈打坐偃息之房，是在寺的後面東首，係沿崖而築的一間山樓。山房清潔高敞，紅塵飛不到，雲霧有時來，比之西天目，規模雖略小，然而因處地高，故而清靜緊密，要勝一籌。東天目並且自己還有發電機，裝有寺內專用的電燈，這一點卻和普陀的那個大旅館似的文昌閣有點相像。方丈德明，年輕貌慧，能經營而善交際，我們到後，陪吃飯陪遊山，談吐之間就顯露出了他的儘可以做得這一區名山的方丈的才能。

查這昭明禪院的歷史——見東山志——當然是因昭明太子而來。梁大同間，僧寶誌——即誌公——飛錫居之。元末毀，明洪武二十年重建，萬曆初又毀，清康熙年間，臨安黃令倡緣新之。洪楊時，當然又毀滅了。後此的修者不明，若去一看現存的碑記，自然可以明白。寺的規模，雖然沒有西天目禪源寺那麼的宏大，然天王殿，韋馱閣，大雄寶殿，藏經閣等，無不應有盡有。可惜藏經閣上，並不藏經，是一座四壁金黃的千佛閣，鄉下人稱百子堂，在寺的西面。此外則僧寮不多，全山的茅蓬，仰食於總院者，也祇有寥寥的幾個，因以知此寺寺產定不如西天目的富而且廣，不過檀主的施捨，善男信女的捐助，一年中也定有可觀，否則裝電燈，營修造的經費，將從何處得來呢？

吃過午飯，我們由方丈陪伴，就大家上了西面高處的分經臺。臺荒寺壞，現在祇變了一個小小的茅蓬。分經臺西側，行五十餘步，更有一個葛稚川的煉丹池，池上也有茅蓬一，修道僧一。到了分經臺，大家的遊興似乎盡了，但我與金錢甫、吳寶基、徐成章三位先生，更發了癡性，一定想窮源探底，上一上這東天目的極頂。因爲志書上說，西天目高三千五百丈，東天目高三千九百丈，一置身在東天目頂，就可以把浙江半省的山川形勢，看得澈底零清，既然到了這十分之八的分經臺上，那又誰肯舍此一簣之功呢！和方丈及同來的諸先生別去後，我們祇帶了一位寺裏的工人作嚮導，斬荊披棘，渡石懸崖，在荒涼的草樹叢中，泥沙道上，走了兩個鐘頭，方纔走到了那一座東天目絕頂的大仙峰上。

據陪我們去的那一位工人說，仙峰絕頂，常有雲霧罩着，一年中無幾日清。數年前，山中樹各大數圍，直至山頂，故虎豹猴兒之屬，都棲息其間。後爲野火所焚，全山成焦土，從此後，虎豹絕跡，而林木亦絕。我們聽了他的話，心裏倒也有點兒害怕。因爲火燒之後，大樹雖祇剩了許多枯幹，直立在山頭，但燒不盡的茅草野竹之類，已長得有一人身高，虎豹之類，還儘可以藏身。爬過二仙峰後，地下盡是暗水，草叢中濕得像在溪邊一樣，工人說，這是上面龍潭裏流出來的水，雖大旱亦不涸。爬得愈高，空氣也愈稀薄，因之大家都急喘得厲害；到了仙緣石上，四面的景色一變，我們四人的興致，於是更勃發了起來。

這仙緣石，是大仙峰龍潭下的一塊數百丈寬廣的大石。奇形怪狀的岩壁洞窟，不計其數。仙緣石頂，正當那一座峭壁之下，就是龍潭。雖係石壁中小小的一方清水，但溢流出去，卻能助成東西兩瀑布的飛沫銀濤，鄉下人的要視此爲神，原也不足怪了。並且東山志上，還記有昔人曾在此石上遇仙的故事，故而後人題詩，有將此石比作劉阮的天石的。但我們卻既不見龍，又不遇仙，祇在仙緣石東首的一塊像獅子似的岩石上那株老松——這松樹也眞奇怪，大火時並未焚去——之下，坐了許多時候。山風清辣，山氣沈寂，在這孤松下坐着息着，舉目看看蒼空斜日，和周圍的萬壑千岩，雖則不能仙去，各人的肚裏，卻也迴腸盪氣，有點兒飄飄然像喝醉了酒。

從仙緣石再上百餘步，是大仙峰的絕頂了。東望錢唐，羣山之下，有一線黃流，隱約返映在夕照之中。背後北面，是孝豐的境界，山色濃紫，山頭時有人家似的白牆一串一串的在迷人眼目，卻是未消盡的積雪。大仙峰頂，因爲面南受陽光獨多，所以雪早已融化了，且這一日風大，將蒸氣吹散，故而也沒有雲霧。西望西天目山，祇是黑沈沈的一片，遠望過去，比大仙峰也並不低，因以知志書上所說的東天目比西天目高四百丈的話的不確。但上大仙峰來一看，羣山的脈絡，卻看得很清，郭景純所記的「天目山前兩乳長，龍飛鳳舞到錢唐，海門更點巽峰起，五百年間出帝王」的這首詩謎，也約略有點兒解得通了。

大仙峰南面，有一個石刻的龍王像，擺在亂石堆成的一小龕裏，我們此來，原非爲了求雨。但大約是因爲難得再來的關係罷，各人於眺望之餘，竟都恭恭敬敬的跪了下去，行了一個九拜之禮；臨去時，並且還向龍王道了聲珍重，約下了後會。

在下山來的中間，慢慢兒的走着談着，又向南看看自東天目分下去的羣峰，我卻私私地想好了幾句打油腔，預備一回到杭州，就可以去繳卷消差：

二月春寒雪滿山，高峰遙望皖東關，西來兩宿禪源寺，爲戀林間水一灣。

這是宿西天目禪源寺的詩。

武帝情深太子賢，分經臺上望諸天，自從兵馬迎歸後，寂寞人間幾百年。

這是今天上分經臺的詩。

仙峰絕頂望錢唐，鳳舞龍飛兩乳長，好是夕陽金粉裏，衆山濃紫大江黃。

這是登大仙峰頂望錢唐江的詩。

晚上在昭明禪院的客堂裏，翻閱了半夜東山志，增嘏把徐文長的一首「天目高高八百尋，夜來一榻抱千岑；長蘿片月何妨掛，削石寒潭幾度深，芋子故燒殘葉火，蓮花卑視大江心，明朝欲借橫空錫，飛度西山再一臨」一律詩抄了下來。我祇抄了幾個東天目八景的名目：一，仙峰遠眺，二，雲海奇觀，三，經臺秋風，四，平溪夜月，五，蓮花石座，六，玉劍飛橋，七，懸崖瀑布，八，古殿棲雲。

出昱嶺關記

一九三四年三月末日，夜宿在東天目昭明禪院的禪房裏。四月一日侵晨，曾與同宿者金鏡甫吳寶基諸先生約定，於五時前起牀，上鐘樓峰上去看日出，並看雲海。但午前四時，因口渴而起來喝茶，探首向窗外一望，微雲裏在落細雨，知道日出與雲海都看不成了，索性就酣睡了下去，一覺竟睡到了八點。

早餐後，坐轎下山。一出寺門，那知就掉向雲海裏去了；坐在轎上，看不出前面那轎夫的背脊，但聞人語聲，鳥鳴聲，轎夫換肩的喝唱聲，瀑布的衝擊聲，從白茫茫一片的雲霧裏傳來；雲層很厚實，有時攢入轎來，撲在面上，有點兒涼陰陰的怪味，伸手出去拿了幾次，卻沒有拿着。細雨化爲雲，蒸爲霧，將東天目的上半山包住，今天的日出雖沒有看成，可是在雲海裏飄泊的滋味，卻嘗了一個飽。行至半山，更在東面山頭的霧障裏看出了一圈同月亮似的大白圈，曉得天又是晴的，逆料今天的西行出昱嶺關去，路上一定有許多景色好看。

從原來的路上下山，過老虎尾巴，越新谿，向西向南的走去，雲霧全收，那一個東西兩天目之間的谷裏的清景，又同畫樣的展開在目前。上一小嶺後，更走二十餘里，就到了於潛的藻溪，蓋卽三日前下車上西天目去的地點，距西天目三十餘里，去東天目約有四十里內外，轎子到此已經是午後一點的光景，肚子餓得很，因而對於那兩座西浙名山的餘巒，也有點淡薄下去了。

飯後上車，西行七十餘里，入昌化境，地勢漸高，過蘆嶺關後，就是昱嶺山脈的盤据地界了；車路大抵是一面依山，一面臨水的。山係巉屼古怪的沙石岩峰，水是清澄見底的山泉溪水。偶爾過一平谷，則人家三五，散點在雜花綠樹間。老翁在門前曝背，小兒們指點汽車，張大了嘴，舉起了手，似在大喊大叫。村犬之肥碩者，有時還要和汽車賽一段跑，送我們一程。

在未到昱嶺關之先，公路兩岸的青山綠水，已經是怪可愛的了。語堂並且還想起了避暑的事情，以爲挈妻兒來這一區桃花源裏住牠幾日，不看報，不與外界相往來，饑則食小山之薇蕨，與村裏的牛羊，渴則飲清溪的淡水。日當中午，大家脫得精光，入溪中去游泳。晚上倦了，就可以在月亮底下露宿，門也不必關，電燈也可以不要，祇教有一枝雪茄，一張行軍牀，一條薄被，和幾冊愛讀的書就好了。

『像這一種生活過慣之後，不知會不會更想到都市中去吸灰塵，看電影的？』語堂感慨無量地在自言自語，這當然又是他的 Dichtung 在作怪。前此，語堂和蝦增光，且他們曾去富春江一帶旅行；在路上，遇有不適意事，語堂就說『這是 Wahrheit』！意思就是在說『現實和理想的不能相符』，係借用了歌德的書名，而付以新解釋的；所以我們這一次西遊，無論遂見什麽可愛可恨之事，都祇以 Wahrheit 與 Dichtung 兩字了之；語彙雖極簡單，涵義倒着實廣闊，並且說一次大家都哄笑一場，不厭重複也不怕煩膩，正像是在唱古詩裏的循環複句一般。

車到昱嶺關口，關門正在新造，停車下來，仰視衆山，大家都祇嘿然互相默視了一下；

蓋因日暮途遙，突然間到了這一個險隘，印象太深，變成了 Shock，驚嘆頌贊之聲自然已經叫不出口，就連現成的 Dichtung 與 Wahrheit 兩字，也都被駭退了。向關前關後去環視了一下，大家鬆了一鬆氣，吳徐兩位，照了幾張關門的照相之後，那種緊張的氣分纔玆弛緩了下來。於是乎就又有了說有了笑，同行中間的一位，並且還上關門邊上去撒了一拋溺，以留作過關的紀念碑。

出關後，已入安徽績溪歙縣界，第一個到眼來的盆樣的村子，就是三陽坑。四面都是一層一層的山，中間是一條東流的水。人家三五百，集處在溪的旁邊山的腰際，與前面的彎曲的公路上下。溪上遠處山間的白牆數點，和在山坡食草的羊羣，又將這一幅中國的古畫，添上了些洋氣，語堂說：『瑞士的山村，簡直和這裏一樣，不過人家稍為整齊一點，山上的雜草樹木要多一點而已，』我們在三陽坑車站的前頭，那一條清溪的水車磨坊旁邊，西看看夕陽，東望望山影，總立了約有半點鐘之久，還徘徊而不忍去，倒驚動得三陽坑的老百姓，以為又是官軍來測量地皮，破壞風水來了，在我們的周圍，也張着嘴瞪着眼，繞成了一個大圈圈。

從三陽坑到屺梓里，二三十里地的中間，車儘在昱嶺山脈的上下左右繞。過了一個灣，又是一個灣，盤旋上去，又盤旋下來，有時候向了西，有時候又向了東，到了頂上，回頭來看看走過的路和路上的石欄，絕像是鄉下人於正月元宵後在盤的龍燈。灣也眞長，眞曲，眞多不過。一時入一個灣去，上視危壁，下臨絕澗，總以爲前不見古人，後不見來者，這車非要穿入山去，學穿山甲，學神仙的土遁，纔能到得徽州了，誰知門頭一轉，再過一個山鼻，就又是一重天地，一番景色；我先在車裏默數着要繞幾個灣，過幾條嶺，纔到得徽州，但後來爲周圍的險景一嚇，竟把數目忘了，手指頭屈屈伸伸，似乎有了十七八次；大約就混說一句二三十個，想來總也沒有錯兒。

在這一條盤旋的公路對面，還有一個絕景，就是那一條在公路未開以前的皖浙間交通的官道。公路是開在溪谷北面的山腰，而這一條舊時的大道，是鋪在溪谷南面的山麓的。從公路上的車窗裏望過去，一條同銀線似的長蛇小道，在對岸時而上山，時而落谷，時而過一條小橋，時而入一個亭子，隱而復見，斷而再連；還有成羣的驢馬，肩馱着農產商品，在代替着沙漠裏的駱駝，儘在這一條綫路上走路；離得遠了，鈴聲自然是聽不見，就是揑着鞭子，在驢前驢後，跟着行走的商人，看過去也像是畫上的行人，要令人想起小時候見過的鍾馗送妹圖或長江行旅圖來。

過岼梓里後，路漸漸平坦，日也垂垂向晚，雖然依舊是水色山光，劈面的迎來，然而因爲已在昱嶺關外的一帶，把注意力用盡了，致對車窗外的景色，不得已而失了敬意。其實哩，績溪與歙縣的山水，本來也是清秀無比，儘可以敵得過浙西的。

在蒼茫的暮色裏，渾渾然躺在車上，一邊在打瞌睡，一邊我也在想湊集起幾個字來，好變成一件像詩樣的東西；哼哼讀讀，車行了六七十里之後，我也居然把一首哼哼調做成了；

盤旋曲徑幾多灣，歷盡千山與萬山，外此更無三宿戀，西來又過一重關，地傳洙泗
溪爭出，俗近江淮語略蠻，祇恨征車留不得，讓他桃李領春閒。

題目是出昱嶺關，過三陽坑後，風景絕佳。

晚上六點前後，到了徽州城外的歙縣站。入徽州城去吃了一頓夜飯，住的地方，卻成問題了，於是乎又開車，走了六七十里的夜路，趕到了歸休寧縣管的大鎮屯溪。屯溪雖有小上海的別名，雖也有公娼私娼戲園茶館等的設備，但旅館究竟不多；我們一羣七八個人，搬來搬去，到了深夜的十二點鐘，纔由語堂光旦的提議，屯溪公安局的介紹，租到了一隻大船去打館宿歇。這一晚，別無可記，祇發現了葉公秋原每愛以文言作常談，於是乎大家建議『做文須用白話，說話須用文言』這條原則通過以後，大家就滿口的之乎也者了起來，倒把語堂的 Dichtung und Wahrheit 打倒了；葉公的談吐，尤以用公文成語時，如『該大便業已撤出在案』之類，最爲滑稽得體云。

一九三四年四月十八日

屯溪夜泊記

屯溪是安徽休寧縣屬的一個市鎭，雖然居民不多，——人口大約最多也不過一二萬——工廠也沒有，物產也並不豐富，但因爲地處在婺源，祁門，黟縣，休寧等縣的衆水滙聚之鄉，下流成新安江，從前陸路交通不便的時候，徽州府西北幾縣的物產，全要從這屯溪出去，所以這個小鎭居然也成了一個皖南的大碼頭，所以牠也就有了小上海的別名。『生意興隆通四海，財源茂盛達三江，』這一副最普通的聯語，若拿來贈給屯溪，倒也很可以指示出牠的所以得繁盛的原委。

我們的飄泊到屯溪去，是因爲東南五省交通週覽會的邀請，打算去白嶽黃山看一看風景；而又蒙從前的徽州府現在的歙縣縣長的不棄，替我們介紹了一家徽州府裏有名的實在是齷齪得不堪的宿夜店，覺得在徽州是怎麼也不能夠過夜了，所以纔夜半開車，闖入了這小上海的屯溪市裏。

雖則是小上海，可究竟和大上海有點不同，第一，這小上海所有的旅館，就祇有大上海的五萬分之一。我們在半夜的混沌裏，衝到了此地，投各家旅館，自然是都已經客滿了，沒有辦法，就祇好去投奔公安局——這公安局卻是直隸於省會的一個獨立機關，是屯溪市上，最大並且也是唯一的行政司法以及維持治安的公署，所以儘抵得過清朝的一個州縣——請他們來救濟，我們提出的辦法，是要他們去爲我們租借一隻大船來權當宿舍。

這交涉辦到了午前的一點，纔茲辦妥，行李等物，搬上船後，艙舖清潔，空氣通暢，大家高興了起來，就交口稱贊語堂林氏的有發明的天才，因爲大家搬上船上去宿的這一件事情，是語堂的提議，大約他總也是受了天隨子陸龜蒙或八旗名士宗室寶竹坡的影響無疑。

浮家泛宅，大家聯牀接脚，在篾篷底下，洋油燈前，談着笑着，悠悠入睡的那一種風情，倒的確是時代倒錯的中世紀的詩人的行徑。那一晚，因爲上船得遲了，所以說廢話說不上幾刻鐘，一船裏就呼呼地充滿了睡聲。

第二天，天下了雨，在船上聽雨在水邊看雨的風味，又是一種別樣的情趣，因爲天雨，旅行當然是不行，並且林潘全葉的四位，目的是祇在看看徽州與自杭州至徽州的一段公路的，白嶽黃山自然是不想去的了，祇敎天一放晴，他們就打算回去，於是乎我們便有了一天悠閑自在的屯溪船上的休息。

屯溪的街市，是沿水的兩條裏外的直街，至西面而盡於屯浦，屯浦之上是一條大橋，過橋又是一條街，係上西鄉去的大路。是在這屯浦橋附近的幾條街上，由他們屯溪人看來，覺得是完全毛色不同的這一羣喪家之犬，儘在那裏走來走去的走。其實呢，我們的泊船之處，就在離橋不遠的東南一箭之地，而寄住在船上，卻有兩件大事，非要上岸去辦不可，就是，一，吃飯，二，大便。

況且，人又是好奇的動物，除了睡眠，吃飯，排泄以外，少不得也要使用使用那兩條腿，於必要的事情之上，去做些不必要的事情；於是乎在江邊的那家飯館延旭樓卽紫雲館，和那座公坑所，當然是可以不必說，就是一處販賣破銅爛鐵的舊貨鋪，以及就開在飯館邊上的一家假古董店，也突然地增加了許多顧客。我在舊貨鋪裏買了一部歙縣吳殿麟的紫石泉山房集，語堂在那家假古董店裏，買了些桃核船，翡翠，琥珀，以及許多碎了的白磁。大家囘到船上研究將起來，當以兩毛錢買的那些點點的磁片，最有價值，因爲一隻纖纖的玉手，揑着的是一條粗而且長，頭如松菌的東西，另外的一條三角形的尖纓而帶着微有曲線的白柄者，一定是國貨的小脚；這些碎磁若不是康熙，總也是乾隆，說不定，恐怕還是前朝內府坤寧宮裏的珍藏。仔細研究到後來，你一言，我一語，想入非非，笑成一片，致使這一個水上小共和國裏的百姓們，大家都墮落成了羣居終日，專爲不善的小人團。

早午飯吃後，光旦秋原等又坐了車上徽州去了，語堂增嘏，歪身倒在牀上看書打瞌睡，祇有被鬼附着似地神經質的我，在船裏覺得是坐立都不能安，於是乎祇好着了雨鞋，張着雨傘，再上岸去，去遊屯溪的街市。

雨裏的屯溪，市面也着實蕭條。從東面有一塊鎗斃紅丸犯處的木牌立着的地方起，一直到西盡頭的屯浦橋附近爲止，來回走了兩遍，路上遇着的行人，數目並不很多，比到大上海的中心街市，先施永安下那塊地方的人海人山，這小上海簡直是鄉村角落裏了。無聊之極，我就爬上了市後面的那一排小山之上，打算對屯溪全市作一個包羅萬象的高空鳥瞰。

市後的小山，斷斷續續，一連倒也有四五個山峰。自東而西，俯瞰了屯溪市上的幾千家人家，以及人家外圍，貫流在那裏的三四條溪水之後，我的兩足，忽而走到了一處西面離橋不遠的化山的平頂。頂上的石柱石礎石梁，依然還在，然而一堆瓦礫，寸草不生，幾隻飛鳥，祇在亂石堆頭慢聲長嘆。我一個人看看前面天主堂界內的雜樹人家，和隔岸的那條同金字塔様的獅子(俗稱扁擔)石山，覺得陰森森毛髮都有點直豎起來了，不得已就祇好一口氣的跳下了這座在屯溪市是地點風景最好也沒有的化山。後來上橋頭的酒店裏去坐下，向酒保仔細一探聽，纔曉得民國十八年的春天，宋老五帶領了人馬，曾將這屯溪市的店鋪民房，施行了一次火洗，那座化山頂上的化山大寺，也就是於這個時候被焚化了的。那時候未被燒去而僅存者，祇延旭樓的一間三層的高閣和天主堂內的幾間平房而已。

在酒店裏，和他們談談說說，我祇吃了一碟炒四件一斤雜有泥沙的紹興酒，算起帳來，竟被敲去了兩塊大洋，問『何以會這麼的貴？』回答說『本地人都喝的歙酒，紹興酒本來是很貴的。』這小上海的商家，別的上海樣子倒還沒有學好，祇有這一個欺生敲詐的門徑，卻學得來青勝於藍了，也無怪有人告訴我說，屯溪市上，無論那一家大商店，都有討價還價，就連一盒火柴，一封香煙，也有生人熟面的市價的不同。

旁晚四五點的時候，去徽州的大隊人馬回來了，一同上延旭樓去吃過晚飯，我和秋原增嘏成章四人，在江岸的東頭走走，恰巧遇見了一位，自上海來此的像白相人那麽的汽車小商人。他於陪我們上游藝場去逛了一遍之餘，又領我們到了一家他的舊識的樂戶人家。姑娘的名號現在記不起來了，彷彿是翠華的兩字，穿着一件黑絨的夾襖，鑲着一個金牙齒，相貌倒也不算頂壞，聽了幾齣徽州戲，喝了一杯祁門茶後，出到了街上，不意門頭又遇見了三位裝飾時髦到了極頂，身材也窈窕可觀的摩登美婦人。那一位引導者，和她們也似乎是素熟的客人，大家招呼了一下走散之後，他就告訴了我們以她們的身世。她們的前身，本來是上海來游藝場獻技的坤角，後來各有了主顧，唱戲就不唱了。不到一年，各主顧忽又有了新戀，她們便這樣的一變變作了街頭的神女。這一段短短的歷史，簡單雖也簡單得很，但可惜我們中間的那位江州司馬沒有同來，否則倒又有一篇琵琶行好做了。在微雨黃昏的街上走着，他還告訴了我們這裏有幾家頭等公娼，幾家二等花茶館，幾家三等無名窟，和諢名「屯溪之王」的一家半開門。

回到了殘燈無焰的船艙之內，向幾位沒有同去的詩人們報告了一番消息，餘事祇好躺下去睡覺了，但青衫憔悴的才子，既遇着了紅粉飄零的美女，雖然沒有後花園贈金，妓堂前碰壁的兩幕情景，一首詩卻是少不得的；斜依着枕頭，合着船篷上的雨韻，哼哼唧唧，我就在朦朧的夢裏念成了一首：

新安江水碧悠悠，兩岸人家散若舟，幾夜屯溪橋下夢，斷腸春色似揚州，的七言絕句。這麽一來，既有了佳人，又有了才子，煞尾並且還有着這一個有詩爲證的大團圓，一齣屯溪夜泊的傳奇新劇本，豈不就完全成立了麽？

一九三四年五月

遊白嶽齊雲之記

一九三四年三月二十九日，應東南五省週覽會之約，出發西遊；去臨安，去於潛，宿東西兩天目，出昱嶺關，止宿安徽休寧縣屬屯溪船上，爲屯浦橋下浮家之客：行盡六七百里路程，閱盡浙西皖東山水，偶一囘憶，似已離家得很久了，但屈指計程，至四月三日去白嶽爲止，也祇匆匆五六日耳。『山中方七日，世上已千年，』詩人的感覺，的確要比我們庸人靈敏一點！

同來者八人，全增嘏，林語堂，潘光旦，葉秋原的四位，早已遊倦，急想囘去，就於四月三日的清晨，在休寧縣北門外分手：他們坐了我們一同自屯溪至休寧之原車囘杭州，我們則上轎，去城西三十里外的白嶽齊雲遊。

休寧，秦漢時附於歙縣，晉改海陽海寧，隋時始稱休寧，其間也曾作過州治，所以城的規模頗不小。我們自北門的夢寧門進，當街市的正中心拐灣，向西門的齊寧門出，在縣城內正走了西瓜的四平開之一分的直角路，已經化去了將近四五十分鐘的時間，統計起來，穿城約總有七八里地的直徑無疑。

一出西門，就是一條大橋，係架在自鄉木嶺，松蘿山，齊雲山流下來的溪上的：滾滾清溪，東流下去，便成了浙水之源之一：在橋上俯視了一下，倒很想托牠帶個信去，告訴告訴浙中的親友，說某年某月某日某時，曾在休寧城外，與去齊雲山的某某上下外叉相會。

過五里亭，過藍渡，路旁小山溪流極多。地勢也在逐漸逐漸的西高上去，十一點半，到了白嶽齊雲的脚下。齊雲山的香市，以九月爲最旺，自秋至冬，迄正月而歇盡。所以山上廟宇房頭及店鋪之類，雖也有百家內外，但非當香市，則都空着無人居住。我們的中飯，本來是打算上山去吃的，忽而心血來潮，覺得山脚下那個小村子裏的飯店，也可以一飽，於是就決定吃了上山，後來到山上去一見許多空屋，纔曉得這預感卻是王靈官在那裏顯靈。

我們平常，總祗說黃山，白嶽，是皖南的名山。而休寧人，除讀書識掌故者外，一般百姓，都不知白嶽，祗曉得齊雲。中實白嶽齊雲，是連在一起的許多山的兩個名字。白嶽山中的一處，名齊雲巖以後山上敕建道觀，又適在這齊雲巖下，明清五六百年下來，香火一直到現在未絕，一般老百姓的祇知道有齊雲，不知道有白嶽，原因就在這裏。康熙年間的休寧縣志說：

『白嶽山在縣西三十里，高三百仞，周二十五里，遊齊雲者，必先登此。』又說：

『齊雲巖，在白嶽西北，高三百五十仞，周圍數十里。』

『明嘉靖丙辰（西曆一五五六年，亦即趙文華視師江南之歲）世宗以祈禱有靈，改曰齊雲山，敕建太素宮。……』

看了這兩段記載，大約白嶽齊雲的所以要打混，與未曾到過的人，每要把一處當作兩處看的疑團，總也可以冰釋了罷？

飯後從北麓上山，石級蜿蜒曲繞。登山將五十步，過一亭爲步雲亭，亭後，矗立着一塊五六丈高的大石碑，上刻「齊雲仙境」的四大字，工整匀巧，不識是何人的手筆。山路兩旁，桃花雜樹很多，中途的一簇古松尤奇而可愛：在寂靜的正午太陽光下，一步一步的上去，過古松，望仙等亭，人爲花氣所醉，渾渾然似在做夢；祇有微風所惹起的松濤，和採花的峰蝶的鳴聲，時要把午夢驚醒，此外則山靜似太古，不識今是何世，也不曉得自己的身子，究竟到了什麼地方。

到一支小嶺脊的中和亭（或爲眞氣亭）後夢就非醒不可，因從這亭子前向北一迴望，來路曲折就在目下，稍遠是菜花滿地的平楚千頃，更遠就是那條數溪匯聚的夾源夾溪了，水色蔚藍，和四面的農村花樹，成了一個最美也沒有的雜色對稱。走出這亭子的南檐，向前面望去，先是一個半圓的幽谷，在這大大的半圓圈裏，南盡頭沿山有一條石欄小路，和幾座不連接的道觀禪房；與這一條小路相對，當半圓的這面，就在亭子的南脚下，更有一條雁齒似的堤路，兩面是欄杆，中間是橋洞，灣環復與山路相接，是西去上齊雲的便道。壁立在這半圓圈上的高峰，西南東三面，是石門巖，密多巖，忠烈巖，眞棲巖，拱日峰等。山勢飛動，石岩偉巨，初從山下慢慢走上來的人，一到此地，總不得不大吃一驚，因爲平常的山裏，決沒有這一種巨大的石巖，尤其是從白嶽山脚下上來的時候，決不會預想到將看見這一種偉大的石山的。這一區，就是白嶽山的境界，所謂「遊齊雲者必先登此」的地方。中和亭（眞氣亭）內還有一塊萬曆的碑立在那裏，亭東首也有一個廟在，我們因爲要去看的地方正還多着，所以碑文也沒有工夫念，廟裏也不曾進去。

沿山走上南去，先到了洞天福地的那一個廟裏。據志書之所載，則爲無心道人黃上舍國瑞之所築；然在同一項下，又有一段記載：「明嘉隆間，有一數百歲人居此，坐臥石牀，無姓名，不立文字，人第稱爲邋遢仙，後化去；然有自峨嵋歸者，謂又在山中見之。」觀此，則洞天福地境內眞身洞中的那座墳，或者是邋遢仙人的遺蛻也說不定，因爲墓的兩旁，還各有一座石牀置在那裏，石牀上並且還各擺着了三四個大約是施捨的銅元。

自眞身洞西去，接連着有雷祖，聖帝，通明等殿，都已坍毀不堪，殿外谷中，溪水不斷在流，志書上所說的桃花澗，大約總就在這些地方。

我們到了白嶽，看見了許多奇岩怪石，已經是不想走了；同來的吳徐兩位，更在這裏照一像，那裏攝一影地費去了許多底片。殊不知西上一山，進了天門，再下去入齊雲境後，樣子更是靈奇偉大，到了不可思議的地步，致吳徐二君大生後悔，說「片子帶得太少了」。

拱日峰下的天門，奇峯突起，底下就是一個像一扇天然的門似的石洞。穿此洞而南下，沿山壁走去，儘是一個個的大洞和一座座的峭壁，眞仙洞，圓通岩，雨君洞，珍珠簾，文昌宮，玄芝洞，等等名目也眞多，景致也眞怪，地方也實在眞好不過。

圓通岩前，有順治三年石碑二，立在洞的兩旁。碑身薄而石刻很深，字跡秀麗非凡。拾小石擊碑，鏜鏜作鐘磬之音，所以兩碑的當中，各已經穿成了一個大洞，碑上的詩句，早就塌不完全了：這和未倒之先的雷峰塔脚，被燒香客挖掘，謂泥石可以治病事一樣的爲迷信之害；象以齒斃，膏用明煎，人之有一特點而致亡身者，覩此應生感慨。圓通洞本不甚深，中供何神，亦不曾進去細看，實在因爲這一帶的神像碑版石刻古器等太多了，身入此間，像到了一處古物陳列所，五花八門，目眩神昏，看也看不得許多，記也記不到底的。

眞仙洞（徐霞客所記的羅漢洞，卽在此處）最深最廣，洞中的佛像也最多，四壁石龕內，並且還有許多就壁刻成的石佛，層層排列在那裏。在從前，這一帶地方，似乎統呼作眞仙洞的，以後好事者多，來遊者衆，道士們也想設法多騙取一點游客的香金，所以就在這一區像羅馬的鬥獸場似的大半圓石壁的四周，刻上了許多的名字，供起了不少的神像。

珍珠簾，是一座百丈來高的斜覆出去的巨岩，岩下也安置着佛座神堂，空廣深幽，是天然的一間高大的石屋。百丈高的石檐上，一排數丈，點點滴滴，不論晴雨，不分四時，時有珍珠似的水滴在往下落。因爲巖之高幅的廣，第一滴下來，倘未及半空，第二滴就又繼續滴下來了，看起來眞像是一層自然的珍珠簾幕罩在面前，這些珍珠水滴，積少成多，在岩下的大石層中，滙成一大水池，卽所謂碧蓮池者是。

自珍珠簾沿着半圓的巨壁向西繞去就是文昌宮，玄芝洞，雨君洞等處所。凡沿碧蓮池的這半圓圈上，約里把來路的中間，一處一處的名目，還不止這幾個，而嵌在壁上的石碣，立在壁前的古碑，以及壁頭高處摩崖刻着的擘窠大字，若一一收錄起來，我想總有一部偉大的齊雲金石志好編（魯丁兩氏的齊雲山志，因不曾見到，所以關於金石一類，無從記起）這些祇好讓專門家去蒐集，現在這裏祇提起一件，就是文昌宮前，有明嘉靖年間的大石碑四塊，還比較得完整，上面刻着的，是大學士元峰袁翁的律詩四首。

眞仙洞附近碧蓮池上的這大半圓圈繞過之後，又隔一高嶺，再進一重門，拾級抄拱日峰側面上去，是齊雲岩下的正殿太素宮的區域了，到了這裏，四面的景色，又突然的一變；愈出愈奇，更變更妙的文章作法，在這齊雲仙境的景色裏，正可以領悟得出來：可惜我們都是俗骨，沒有福分在這裏多住幾天，來鑒賞這篇奇文，走馬看花，祇好算是匆匆地做了一個遊仙之夢。

去正殿太素宮的路，更加曲折，是一個狹長的英文字母C的樣子。太素宮向北建在C字的正中背上，前面缺處深谷中突起一峰，也是一座百丈來高的錐形石山，爲香爐峰。太素宮後的一排石嶂，正中就是齊雲岩，峰名玉屏峰，左峰爲石鼓、右峰爲石鐘。石鐘峰之右，向西直去，爲隱雲，浮雲，仙鵲，展旗等峰。石鼓之左，向東這一邊，爲碧霄，石林，拱日等峰。我們上正殿，係從拱日峰下，順着C字底下的狹長半圓灣過去的，走了二三里路，方到了太素宮的正門，淸初建的一座牌坊之下。路的兩旁，儘是些第幾第幾房，什麼什麼殿的背依危岩，門臨絕澗的二三層樓的建築物，也有開店的，也有供香客住宿的，闊闊撲地，屋棟連雲，數目總約有百家內外。現在這些住屋，卻都空着，寂寂不見一人，但據陪我們上山的轎夫們說，則這百數家人家，當香市盛日，還不夠供一半香客們的住宿。秋收完後四方趕來參拜的善男信女的熱心，眞可驚嘆，眞可佩服，也無怪從前的專制皇帝，要假神道來設敎了。

齊雲山正殿境內的山峰，總括一句，是奇特偉大。我們自山腳，走至太素宮，已有七八里路的高了，然而突出在太素宮上的諸峰，絕壁千丈，仰起頭來看看，似乎還有五六里路的高度，到此地來一看，纔知道安徽通志上所說的『層巒刺天，雲烟萬狀』等語句，決不是文人的誇大之辭。去年我曾到過浙東的方岩，那時候見了壽山五峰的天然金字塔樣的石巖，以爲總是天下無雙了，現在又到了這齊雲的境內，纔覺得方岩附近的石山，還沒有這兒的一半高，而此處山勢的錯綜複雜，更非五峰之羅列在一排者可比。

太素宮，是明嘉靖年間勅建的道觀，已在前面說起過了，中供玄天上帝，廟貌雄麗，誠如徐霞客遊記上之所說：但尤其使我們詫異的，是這道觀內的鐘鼎香爐，銅器石器之類，都還是明朝萬曆崇禎的舊物，絲毫也沒有損壞。不過那一尊所謂百鳥銜泥所成之宋代玄帝像，現在却顏色鮮豔，不像舊時的黧黑了。推想起來，大約清朝入關，這一塊地方，總還沒有糜爛，洪楊兵亂，此地總也保全了的無疑。凡此種種，都是使老百姓不得不確信齊雲聖帝的靈異的證據，因而民間的傳說，也連枝帶葉地簇生了出來。傳說中的最普遍的一段，是關於明剛峰先生海忠介公的。

海瑞因聞齊雲山聖帝之靈，來此進香，然而走了半日却走不上山：後經道士點破，以爲聖帝菩薩在嫌海公脚上的皮靴是葷的，所以如此，忠介公不得已，祇能將革履脫去。及上至正殿，海公看見了殿右的皮製大鼓，就題詩反問，鼓忽自破。從此後，聖帝菩薩命王靈官密隨海公，伺有過失，即擊殺之。王靈官暗伺三年，及見海公在荒郊無人處，私食一地上之瓜，而繫錢數十文於瓜藤之上，便囘去覆命，以爲對這一位愼獨不欺的剛峰先生，終是無隙可乘的。

這一段傳說，當然是無稽之談，不過在徽州一帶流行的另外一個關於唐越國公汪華的靈驗傳說，卻是可以當作這附近當清兵入關時並未受糜爛的證據的，順便在此地重述一道，或者爲可以供研究史實者的參考。

順治丙戌，清兵破徽州，總督張天祿夢見一紅面長髯者前來告誡曰「毋傷我百姓！」夢覺，以爲關公在顯靈。及至汪王廟見了汪王神像，與夢中所見者酷似，張天祿始大驚異，於是乎徽州一帶的人民，就得保全了。

吳王汪華，當隋季的亂世，能保增安民，宣杭睦婺饒的五州，卒賴以平安者十餘年，至唐武德四年甲子月降唐，仍爲歙州刺史，他的關懷民命，造福桑梓的功德，與錢武肅王原可以後先媲美於東南，或者神靈不泯，突然會向嗜殺的軍閥顯一顯聖，也說不定。這傳說的第二幕，並且還說順治己亥，當唐士奇之亂時，汪王亦曾同樣的有過靈異。不過玄天上帝，曾對海瑞顯那些不必要的靈，且又度量狹小，會因破了一鼓而謀報復，卻有點說不過去了。這些傳說，原衹好「姑妄言之，姑妄聽之」而已，何況海瑞的有沒有到過齊雲，還是一個問題哩！此外則白嶽齊雲的對於求子，特別有靈的故事，也值得一提。所以明李日華有很風雅的自浙江來禮白嶽之記，而袁中郎有衹求幾個年青美貌而不育之妾一禱。

站在太素宮正門外的牌坊底下，向北展望過去，在有一個亭，一個香爐，並有一條鐵練繫着使人可作攀援之助的香爐峰後，遠遠看得出一排高低起伏，狀如海浪似的青山。山峰中間的一個頭有點兒路向東歪的，據說是黃山的最高峰。我們此來目的是爲了想去黃山，但因天寒雪尙未消，同來者也都巳遊倦之故，黃山的能不能去，早成了問題，因而不知不覺，我就在齊雲岩下，遙對着這百餘里外的歪頭山，竟發了大半天的呆。等到順鼇路峰向西走去的三位同遊者，大聲狂叫着說「這兒西面的風景還要好哩！快來！快來！」的時候，我的遊黃山的夢，爲被驚醒了，急忙趕上去一看，果然覺得西面的層巖絕壁，還要高，還要複雜。並且太陽也巳經斜到了離西面各山峰不遠幾尺的地步，我們今天還非得趕回休寧，趕回屯溪去宿不可，黃山當然是不必提起，就是這齊雲之西的三姑，五老，獨聳，天柱諸峰，以及西天門外的九井橋巖，傳巖諸勝景，也祇得割愛了，一邊跑，一邊我祇在恨今天的太陽落去得太快。

沿壁向西又曲折回旋地走了二里多路，重看了些衝天的石壁，同珍珠簾上的樣子一樣的危巖摩崖的大字，以及正德嘉靖，萬歷崇禎的石碣和碑文，到了一處路徑有點兒略往下降的地方，大家就立定了脚，因爲再走過去風景一定還要好，結果就要弄得大家非在這荒山裏過夜不可。走了半天；我們對於這齊雲的仙境，大約總祇走盡了五分之二三的地方。雖則兩隻脚已經是走得很酸痛，肚子裏也已經是咕咕地在叫餓，但到了下山的路上，坐入轎子去的時候，大家卻不約而同的喊了出來說：「今天的一天總算是值得很！看了齊雲，遊了白嶽，就是黃山不去也可以向人說說的了。」

轎子回到休寧，總約莫是最近二更，汽車把我們在屯溪站卸下來的時候，連市上的燈火都將熄盡快了，這一次西遊的這一個末日，我們總算有益地利用到了百分之百。

一九三四年四月念九日

青島濟南北平北戴河的巡遊

帶青帶綠的顏色，對於視覺，大約是特別的健全；尤其是深藍，海天的深藍，看了使人會莫名其妙的感到一種愉快。可是單調的色彩，只是一色的色彩，廣大無邊地包在你的左右四周，若一點兒變化也沒有，成日成夜地與你相對，日久了當然是也要生厭的；青島的好處就在這裏，第一，就在她的可以使你換一換口味，第二，到了她的懷裏去摸索起來，却也並不單調，所以在暑熱的時候，去住一兩個月，恰正合適。

無論你南邊從上海去，或北邊從天津去，若由海道而去青島，總不過二三十個鐘頭，可以到了。你在船艙裏，只和海和天相對，先當然是覺得愉快，覺得偉大，覺得是飄飄然遺世而獨立，羽化而登仙的樣子；但一晝夜過後，未免要感到落寞，感到厭倦；正當你內心在感到這些，而嘴裏還沒有叫出來的時候，而白的燈臺，江的屋瓦，灣曲的海岸，點點的近島遙山，就浮現上你的視界裏來了，這就是青島。所以從海道去青島的人對她所得的最初